NANOOK

GUSTAVO BERNARDO

NANOOK
ELE ESTÁ CHEGANDO

Copyright © 2016 by Gustavo Bernardo

Direitos desta edição reservados à
EDITORA ROCCO LTDA.
Av. Presidente Wilson, 231 – 8º andar
20030-021 – Rio de Janeiro, RJ
Tel.: (21) 3525-2000 – Fax: (21) 3525-2001
rocco@rocco.com.br | www.rocco.com.br

Printed in Brazil/Impresso no Brasil

ROCCO
JOVENS LEITORES

GERENTE EDITORIAL
Ana Martins Bergin

EQUIPE EDITORIAL
Larissa Helena
Milena Vargas
Manon Bourgeade (arte)
Viviane Maurey

REVISÃO
Sophia Lang
Wendell Setubal

PREPARAÇÃO DE ORIGINAIS
Clarice Goulart
Elisa Menezes

ASSISTENTES
Gilvan Brito
Silvânia Rangel (produção gráfica)

Cip-Brasil. Catalogação na fonte.
Sindicato Nacional dos Editores de Livros, RJ.

B444n Bernardo, Gustavo
         Nanook: ele está chegando/Gustavo Bernardo. Primeira edição. Rio de Janeiro: Rocco Jovens Leitores, 2016.

ISBN 978-85-7980-254-6

1. Ficção brasileira. I. Título.

15-23773   CDD: 028.5   CDU: 087.5

O texto deste livro obedece às normas do
Acordo Ortográfico da Língua Portuguesa.

Dedico o livro a Gisele, para comemorar nossos 25 anos juntos.

G.B.

M'illumino d'immenso
– Giuseppe Ungaretti

- ᓇᓄᖅᕕ

Era uma vez uma história que acontece agora. Por isso conto-a como se ainda estivéssemos todos aqui. Todavia, alerto: trata-se de uma narrativa dramática, com grave risco de tempestade e queda brusca de temperatura. Não há previsão de trovoada, mas seculares sinos de bronze soam ao final.
De dentro da razão, a loucura. Da loucura, o espanto. Do espanto, a revelação. Qual, não posso dizer. Porque assusta. Ou emociona. Ou assusta e emociona. Ao mesmo tempo. Talvez o leitor e a leitora prefiram deixar o livro de lado. De fato, seria mais sensato. Se vocês já não fossem o personagem principal. Se os acontecimentos já não os estivessem esperando na primeira curva.
Sendo assim, sugiro que me acompanhem. E que se agasalhem bem.

V

A mãe de Bernardo diz que tudo começou quando notou pela primeira vez que o filho não era normal.

O que não é normal é fazer tanto frio nesta época do ano, pensa Siqueira, fechando o casaco até o pescoço. Também não é normal que a mãe fale assim do próprio filho. O doutor Homem Siqueira é o médico de plantão, o diretor e o dono de uma pequena clínica psiquiátrica no chamado centro histórico de Ouro Preto, onde recebe Bernardo e sua mãe. A clínica se chama "A Clínica". O médico orgulha-se do nome que deu ao local, por ser objetivo e direto. O estabelecimento em questão ocupa um sobrado bem antigo, devidamente tombado como patrimônio histórico. O sobrado fica na estreita rua das Mercês, próxima ao largo do Coimbra.

Siqueira pisca o olho esquerdo. Apesar de ser um profissional experimentado, ele ainda mantém certo pudor interiorano e se constrange com algumas coisas. O doutor fica incomodado com a facilidade com que a senhora diz que o filho não é normal desde criança. Ele se sente ainda mais constrangido que ela o faça sentada ao lado do próprio filho.

O moço, por sua vez, a olha entediado, como se nada daquilo lhe dissesse respeito. Siqueira se controla para não deixar transparecer o incômodo. É preciso não formar preconceitos. Ele tenta observar o rapaz com o seu olhar mais profissional e mais imparcial, mas sem piscar nem o olho esquerdo nem o direito.

Bernardo tem quinze anos. Alto para a idade, sua simples presença, sentado no consultório, confunde o médico. Num segundo seus olhos verdes se mostram perdidos, no segundo seguinte vasculham minuciosamente a sala.

Num momento parece que não está nem aí, no momento seguinte ofusca a personalidade da mãe.

Num instante ele olha através do médico como se não houvesse ninguém na frente, mas no outro o encara fixamente, como se pudesse ler seus pensamentos.

O nome do rapaz também perturba o doutor, mas ele não consegue atinar com o porquê. Siqueira então chama a enfermeira. Pede que ela conduza Bernardo para uma bateria leve de testes lúdicos.

A enfermeira entende o código: não existem testes lúdicos. Testes nunca são lúdicos. Ela deve apenas separar a mãe do filho, tanto para deixá-la mais à vontade na anamnese inicial, quanto para proteger o rapaz daquela situação constrangedora.

Sozinho com a senhora, Siqueira a interrompe quando ela quer voltar a falar sobre por que o filho não é normal. Ele arruma uns papéis na mesa e atende um telefonema inexistente.

Quer observá-la melhor, ainda que de lado, e ao mesmo tempo tenta não a deixar muito confortável. Se ela estiver um pouco mais frágil, lhe esconderá menos elementos sobre si própria e sobre a sua relação com o filho. É uma mulher bonita, mas muito tensa. A pele jovem contrasta com alguns fios grisalhos e os olhos vermelhos. Ela para de falar mas não para de mexer os lábios, como se precisasse continuar falando quase compulsivamente.

Sem controlar a impaciência, a mãe de Bernardo volta a falar em voz alta antes que o médico a autorize. A boca nervosa encadeia rapidamente uma palavra atrás da outra. Surpreendido, Siqueira se atrapalha com os papéis que fingia arrumar, deixa cair uns dois ou três no chão. Abaixa-se para pegá-los e quase cai da cadeira, enquanto a escuta repetir que tudo começou quando notou pela primeira vez que o filho não era normal.

Diferente dos dois irmãos mais velhos, que começaram a falar antes de completarem um ano de idade, Bernardo demorou três anos, não, talvez quatro anos inteiros para proferir as primeiras palavras.

Que não foram nem mamãe nem papai nem vovó nem vovô, mas sim: "qanniq aputi quiquiquetaaaluque".

– Como? – pergunta o médico, segurando um sorriso.

– Qanniq aputi quiquiquetaaaluque.

A mãe de Bernardo repete devagar as palavras, olhando para o papel em que Siqueira anota o que não entende. Ele ainda escreve canique no lugar de qanniq, mas a mulher o corrige, explicando que o próprio filho fizera isso certa vez.

Por pelo menos um ano Bernardo repetia essas palavras a toda hora. Falava com diferentes expressões no rosto: excitado, enlevado, perturbado, triste. Muito triste, em alguns momentos. A mãe escutou aquela frase tantas vezes que a decorou e não esqueceu, embora nunca tenha entendido o que significa ou se significa alguma coisa.

Na verdade Bernardo só tinha expressões de vida no rosto e no corpo, gesticulando com os braços, quando dizia "qanniq aputi quiquiquetaaaluque". No resto do tempo, nem ele nem o rosto nem o resto do corpo expressavam coisa alguma.

Não apontava, não pedia, não negava, não nada. Comia e bebia se lhe dessem o que comer ou beber, se não lhe dessem era como se não precisasse de comida nem de bebida. Mal olhava para a mãe, embora se interessasse pelos irmãos, observando-os demoradamente enquanto brincavam.

Mais tarde, quando mais velhos, os três irmãos gostavam de brincar de briga, como toda criança. Diferentes das outras crianças, no entanto, os seus filhos brincavam de briga sem emitir nenhum som e sem nunca se machucarem.

Na verdade, a senhora reconhece com algum espanto: até hoje, os seus meninos nunca, jamais brigaram um com outro.

Siqueira admite, isso é bem raro. Ao mesmo tempo, percebe que falta alguma coisa na história de Bernardo. Fica pensando no que seria enquanto a mulher fala e fala e fala, até que se dá conta.

Bernardo tem dois irmãos e a mãe que parece valer por cinco ou seis mães, mas ela não faz nenhuma referência ao pai ou aos pais dos meninos.

E o pai do Bernardo, pergunta então o médico, ele também acha que o filho de vocês não era ou não é normal? A mulher reage com um gesto brusco, levantando as mãos na frente do rosto, como se uma mosca impertinente entrasse na conversa. Logo explica que o pai de Bernardo morreu no dia, digo, na hora exata em que o filho nasceu. Ataque cardíaco.

Um ataque cardíaco anunciado: ele também passou muito mal no dia em que nasceu cada um dos outros dois filhos.

Quando nasceu Bruno, o mais velho, o pai assistia ao parto na sala de cirurgia. A luz do hospital caiu por alguns segundos, mas voltou rápido.

O marido de dona Bruma – é esse o nome da mãe de Bernardo, se eu ainda não disse – saiu como um louco da sala da operação e no corredor deu um soco no primeiro sujeito vestido de branco que encontrou, achando que tinha sido ele quem tinha apagado a luz do hospital todo.

Só que, assim que nocauteou o outro, desmaiou, esparramando-se no chão ao lado da sua vítima. Só foi acordar dois dias depois, quando pôde enfim conhecer o primogênito e responder ao processo por ter agredido o diretor do hospital.

Um ano depois nasceu Arthur Júnior, o filho do meio. No dia do nascimento do rapaz que enfim levaria o seu nome, ou quase, seu Artur foi proibido de entrar na sala de cirurgia.

No entanto, ele passou mal na própria sala de espera, da maneira mais vergonhosa possível: sujou tudo sem nem tentar ir ao banheiro, como se não percebesse o que estava fazendo.

As faxineiras tiveram muito trabalho enquanto outros médicos o levaram para fazer vários exames, detectando o princípio de um acidente vascular cerebral que o deixou com algumas sequelas na fala.

No entanto, ninguém na família deu muita importância a tais sequelas, porque na verdade o marido de dona Bruma quase nunca falava nada.

Talvez porque a esposa falasse pelos dois, pensou Siqueira, mas felizmente não disse.

Artur-sem-h acabou morrendo de enfarte fulminante no dia em que nasceu o caçula. Homem de poucas palavras, como estamos vendo, não disse aquelas que poderiam ser consideradas as últimas.

Os filhos de seu Artur e dona Bruma nasceram em fila ou escadinha, como se diz, em três anos seguidos e todos de parto normal.

Todos nasceram, aliás, nós também, explica a senhora, na cidade de Nanuque, a dez horas daqui, no norte do estado. Depois é que nos mudamos para Ouro Preto.

Por coincidência, meus três filhos nasceram todos no dia 12 de janeiro, completa a mãe. Por isso chamei Bernardo de Bernardo, explica. Nós precisávamos de um santo

NANOOK 15

em casa, ela pensava, depois que o inútil do marido os deixou no minuto exato em que o filho saía de dentro dela. Siqueira pensa que tudo é coincidência demais, mas não fala. Nunca viu dois irmãos nascerem no mesmo dia do mesmo mês, quanto mais três irmãos, quanto mais em três anos seguidos.

Precisará conferir todas essas informações, alguma parte pode ser invenção pura. Em voz alta, Siqueira diz que ainda não entende por que o nome de Bernardo é Bernardo.

Dona Bruma explica em tom indignado, como se aquela ignorância não se justificasse: como não?, 12 de janeiro é o dia de São Bernardo!

Ah, sim. O médico titubeia e em voz alta pede desculpas por não saber disso. No seu íntimo, porém, estranha: por que a mãe não deu o nome de Bernardo logo para o mais velho, se todos nasceram no dia do santo?

Não é a única coisa estranha.

Por que o nome desse rapaz me incomoda?, se interroga. Será por que é nome de santo?

Sem achar resposta para a dúvida, Siqueira recapitula: então o pai do rapaz morreu quinze anos atrás, deixando-a sozinha com três filhos para criar. E ela os criou do melhor modo possível, gaba-se a mulher, apesar de esse menino se revelar um santo de pau oco, ou melhor, de cabeça-oca.

A senhora não voltou a se casar?, pergunta.

Amarga, Dona Bruma apenas ri, deixando claro que até gostaria, mas nenhum homem se aproximaria de uma mulher nervosa com três crianças no colo.

Bem, ela não diz que é nervosa, o adjetivo "nervosa" é que vem na cabeça do médico. Que precisa controlar seu preconceito contra mulheres que falam sem parar, pensa, ele próprio nervoso. Essa mulher é daquelas que enlouquecem qualquer um. Parece que sobrou para o filho caçula, que se cala ou fala frases sem sentido como resposta e denúncia surda.

A-mãe-que-enlouquece-o-filho: calma, esse ainda não é o diagnóstico, fala o psiquiatra com os seus botões, alertando-os.

Seria fácil, mas não pode ser tão fácil. Há que resistir à tentação do diagnóstico-relâmpago. Uma avaliação precoce é perigosa, porque o induz a esquecer exames e observações cruciais.

O contexto e o ambiente familiar são importantes, mas o menino pode de fato apresentar problemas neurológicos ou psiquiátricos. Ele pode ser vítima de alguma forma de autismo, especula Siqueira.

Como estabeleceu contato visual intenso ainda que por um breve momento, talvez sofra de uma variante da síndrome de Asperger. Alguns testes, não lúdicos, mas sim de inteligência, se mostram necessários.

Este é o momento que mais atrai o psiquiatra na sua profissão: o primeiro encontro com uma doença nova.

Não o anima encontrar pacientes nem pessoas, mas doenças, sim. Pessoas são em geral monótonas, pacientes não menos, mas doenças, claro que as alheias, se revelam estimulantes. Elas contêm charadas e enigmas que põem à prova a perspicácia do médico. Qual foi o médico que disse algo parecido antes dele? Não lembra de imediato, o que vai deixá-lo com essa dúvida na cabeça, já sabe. E ele nunca consegue dormir quando tem uma pergunta martelando na sua cabeça.

Por isso Siqueira olha atento para dona Bruma, faz gestos simpáticos de quem registra cada uma de suas palavras, mas há alguns minutos não a escuta mais, tentando lembrar quando ouviu antes o que acabou de pensar. Ele parece já estar em outro lugar.

De onde é arrancado com violência pelo barulho repentino que vem do lado de fora do consultório.

Gritos.

Choro de alguém.

Coisas quebrando.

Muitas coisas quebrando.

5

O médico e a mãe correm para fora do consultório e no hall de entrada encontram a destruição e o caos. Mesas e cadeiras arremessadas se partem nas paredes. Os vidros das janelas se estilhaçam em muitos pequenos pedaços. O velho aparelho de televisão explode enquanto cacos de vidro e pedaços de plástico voam por todo lado. Pacientes, parentes e funcionários procuram se esconder em qualquer buraco.

Bernardo urra sem parar, como um animal feroz, e destrói tudo a seu alcance. Ele mostra a força de um elefante enlouquecido. Poucos minutos antes, ninguém podia imaginar que o rapaz tinha essa força e faria esse estrago todo.

Úrsula, a enfermeira que levava Bernardo, encolhe-se tremendo e chorando no chão, com o uniforme branco manchado de sangue.

Dona Bruma, a mãe do rapaz ensandecido, desmaia como quem se desfaz ou se liquefaz, obrigando o médico a segurá-la para que não caia bruscamente no chão.

O enfermeiro mais forte, que nem é tão forte assim, desce correndo a escada, mas se assusta com a ferocidade do garoto.

Bernardo urra ainda mais alto, por mais tempo, e se volta para Siqueira. Que segura dona Bruma sem saber se a solta e corre, se a levanta na sua frente como um escudo vivo ou se enfrenta aquele menino alto que parece um monstro de poder e rancor.

De repente dona Bruma levanta, se apruma e toma a frente ela mesma, para dar uma ordem muito clara:

– Pare!

Seu filho estaca, mas os olhos ficam ainda mais injetados, enquanto as pernas e os braços se flexionam como que se preparando para o ataque final.

A mãe completa, com voz mais clara e mais alta ainda:

– Agora!

No mesmo instante Bernardo dobra a coluna, apaga os olhos, desliga o urro, abaixa a cabeça e abre os braços, crucificando a si próprio no ar.

O enfermeiro, já com a camisa de força na mão, olha para o doutor Siqueira, que responde com um aceno positivo. Em dois passos ele chega perto de Bernardo, puxa seus braços e, pela frente, lhe põe a camisa e a fecha, apertando rapidamente todos os nós e laços. O garoto não opõe nenhuma resistência.

Embora machucada, a enfermeira Úrsula se levanta para tomar o paciente dominado pelos cotovelos amarrados. Imagina que deve levá-lo ao quarto preparado para receber casos como aquele, no segundo andar.

As paredes desse quarto foram cobertas com colchões, para impedir que pacientes descontrolados se machuquem. Na verdade, o jovem Bernardo inauguraria o chamado "quarto da fúria", se o doutor assim o decidir. A clínica ainda não tinha recebido alguém como ele.

– Por favor.

Novo susto.

Siqueira começa a tremer, enquanto a mãe de Bernardo a seu lado volta a desmaiar, ou a se desmontar, obrigando-o a segurá-la novamente para que não caia no chão.

Porque Bernardo fala: por favor, não precisa de nada disto.

Como não precisa?, você quase destruiu toda a clínica, pensa o médico, mas não consegue falar, ainda sem voz e atrapalhado com dona Bruma largada nos seus braços.

De forma educada e surpreendente, Bernardo procura explicar o que aconteceu:

– Por favor, eu só queria avisar: Nanook está vindo para cá.

Que explicação maluca é essa?, quer perguntar Siqueira, vagamente percebendo a ironia da questão. Neste contexto e neste lugar, qualquer explicação é mais ou menos maluca.

O doutor Homem abre a boca e a fecha umas tantas vezes, sem conseguir formular a, b ou c. Os dois enfermeiros esperam ansiosos sua reação ou sua ordem. A mãe do rapaz desperta novamente do segundo desmaio e se arruma, mas não mostra a mesma segurança de quando gritou "pare" e "agora".

O médico enfim consegue destravar a língua e pergunta à dona Bruma: ele está dizendo que a cidade de Nanuque vem para cá?

– Nanook, Nanook, Nanook!

Repete o rapaz três vezes, nas três vezes destacando bem a vogal dobrada.

Ah, agora entendi, diz o médico, ironicamente. Não, não entendi nada!, reclama o médico, preocupado que ninguém entenda a ironia.

Ele olha para a mãe de Bernardo, que dá de ombros como se dissesse, não sei, ou então, sei lá, nada do que esse menino diz faz sentido.

Siqueira levanta o braço para os enfermeiros e aponta para cima, querendo mandar que levem logo o garoto, agora definitivamente seu paciente, para o quarto da fúria.

Sem que se espere, o garoto agradece:

– Obrigado, aquele quarto é muito confortável.

E completa pedindo que o médico o visite em breve, para que possam conversar.

Como ele sabe para onde o levam?, se intriga Siqueira.

E como é que alguém amarrado numa camisa de força ainda me convida para uma visita, como se estivesse na própria casa?, se constrange o doutor.

O dono da clínica costuma se gabar da sua capacidade de prever os passos, os gestos e as palavras dos pacientes de maneira que nunca o surpreendam, mas Bernardo lhe aplica uma rasteira atrás da outra.

E ele ainda quer conversar calmamente, pensa estupefato, quiçá estarrecido!, depois de destruir tudo por aqui e quase matar um ou dois, incluindo a própria mãe.

O médico retorna com a senhora para o consultório, onde as coisas ainda se encontram inteiras. Aqui talvez ele consiga raciocinar melhor.

Respiram.

Pede um copo de água com açúcar para ela, um café forte para ele, que não gosta de café mineiro. Ninguém traz nem uma coisa nem outra, todos estão ocupados ou assustados.

Bruma se antecipa e pede, também por favor, que o filho fique internado. Ela se vira para pagar, o falecido deixou algum pecúlio.

Pecúlio? Parece que escuto a minha avó, pensa Siqueira. No momento não precisamos falar disso, ele a acalma.

Trata-se de uma crise, talvez precipitada por trazê-lo à clínica, mas este não deixa de ser o melhor lugar para que aconteça algo assim.

Enquanto tenta acalmá-la, ele percebe que ela não parece nem nervosa nem muito surpresa com o ataque enfurecido do filho. Ele já teve outro ataque desses, digo, alguma vez sofreu uma crise como essa?, pergunta, intrigado.

Como esse, não, responde a mulher. Mas acrescenta que muitas vezes, desde bem pequeno, ele parece que se transforma em um animal: anda ou corre de quatro, ronrona, rosna ou urra como hoje. Mas não tão alto nem de modo tão assustador, acrescenta.

Alguma vez ele falou em Nanook ao invés de Nanuque?, pergunta o médico, preocupado em ressaltar a vogal dobrada da primeira palavra.

Ela responde que, no meio de frases sem sentido como "qanniq aputi quiquiquetaaaluque" – a única de que ela se lembra porque ficou gravada na cabeça da família toda –, muitas e muitas vezes ele disse "nanuk".

Repare, ela diz, não o nome da nossa cidade natal, com "q-u-e", mas sim "nanuk", com "u" e "k". Bernardo desde sempre fez questão do "k", sabe-se lá por quê.

Nos últimos meses, porém, ele vem alterando a palavra para "nanook", com "oo" e com "k", claro, fazendo questão de corrigir se alguém repete errado.

Como é que alguém não escreve, mas sim *fala* com "k" e não com "q-u-e"?, se pergunta o médico, sem entender.

Bem, essas letras e essas palavras devem ter algum sentido para o rapaz, pensa Siqueira, resta descobri-lo. Decerto precisarei conversar com ele, embora tenha de tomar algumas precauções para que não fique novamente transtornado e avance em mim ou ataque um dos meus funcionários.

A mãe de Bernardo se retorce na cadeira, ameaçando levantar-se e ir embora.

Ela quer ir para casa, conclui Siqueira. Ela quer deixar esse filho para trás, pelo menos por alguns dias. Quem sabe, pelo resto da vida. Triste, mas compreensível.

Como acha que dali, especialmente neste momento, não sai mais nenhuma informação relevante, o médico sugere que a senhora vá para casa descansar.

Enquanto se despedem com alívio mútuo, vem à sua mente a imagem do sangue nas roupas de Úrsula. Precisa perguntar à enfermeira como ela está.

Mas não agora. Ao fechar a porta e ficar sozinho, o médico sente as pernas tremerem e fica com receio de ser sua a vez de desmaiar. Corre à gaveta secreta da sua mesa para pegar a garrafa de cachaça, uma legítima Anísio Santiago – e também um santo remédio.

Senta-se e se serve de uma dose.

Bem, duas doses.

Com o controle remoto, liga a pequena televisão da parede. O noticiário fala de problemas meteorológicos, primeiro, e depois de um desaparecimento mundial, não percebe bem do quê ou de quem.

Na verdade Siqueira não presta muita atenção, preocupado com a clínica, com Úrsula e com Bernardo, mais ou menos nessa ordem.

Desliga a televisão e pensa em tomar mais uma dose, mas se lembra de ter marcado uma boa conversa etílica com seu amigo, no bar Benzadeus, aqui perto. Toma a terceira dose do mesmo jeito, fecha bem o casaco e sai do consultório e da clínica. Não sente tanto frio quanto esperava, decerto por causa do "agasalho" que acabou de pôr para dentro do corpo.

Sobe na direção do largo do Coimbra, pega a rua da Conceição e desce até o largo Marília de Dirceu, onde fica o bar de nome tão sugestivo. Apesar de o garçom insistir em chamá-lo de *pub*, trata-se de um ótimo bar – com ótimas cachaças, naturalmente.

No meio do caminho, um cão branco atravessa silenciosamente à frente do psiquiatra, sem atrair seu olhar. Nem quando criança ele se interessava muito por animais.

W

Ramon Torreira já está sentado no bar, a essa altura ainda vazio, esperando o amigo e, é claro, bebendo. Seu colega no ensino médio, Ramon era o piadista da turma. A amizade dos dois é um tanto ou quanto improvável, uma vez que o médico é conhecido desde criança como "o mau humor em pessoa".

Bicho do mato no meio da cidade, o jovem Homem Siqueira não brincava, não ria nem se misturava aos colegas no recreio, enquanto o amigo centralizava todas as atenções e todas as risadas, principalmente femininas.

No entanto, como se verá, esta não é a última nem a menor das improbabilidades da história, uma história que de resto já me deixa feliz apenas porque eu consegui escrever im-pro-ba-bi-li-da-des...

Ambos passaram juntos no vestibular para medicina, mas Ramon abandonou o curso no primeiro mês para fazer novo vestibular, dessa vez para a faculdade de Letras. Tornou-se um renomado professor de linguística da Universidade Federal de Ouro Preto, adorado pelos alunos também graças às piadas nas aulas.

Os dois cursaram as respectivas universidades fora da cidade, tanto os cursos de graduação quanto os de pós--graduação. Reencontraram-se somente mais tarde, quando um era o dono de uma clínica, e o outro, professor adjunto ou associado, não sei bem.

O professor riu muito ao saber da profissão do colega casmurro e logo tentou fazer uma gracinha, perguntando se ele havia conseguido curar na faculdade de psicologia a própria neurose obsessivo-compulsiva paranoica.

O psiquiatra respondeu, sério, primeiro que ele não havia feito psicologia mas sim medicina, com especialidade em psiquiatria, e segundo que tinha tudo a ver um notório piadista se tornar um emérito professor de linguística, se grande parte das piadas se baseia em jogos com as palavras.

A resposta, ou melhor, as respostas não respondiam à pergunta nem tinham nenhuma graça, mas a seriedade circunspecta do antigo colega fez que Ramon se dobrasse de rir, dando um tapa tão forte no ombro de Siqueira que quase o levou a reagir aos socos.

Mas não brigaram. Ao contrário, entraram no bar mais próximo, justamente o Benzadeus, e desde então se tornaram "os dois amigos", como, por antonomásia, passaram a ser conhecidos.

Homem e Ramon se encontram neste bar pelo menos uma vez por mês, para, como bons mineiros, tomarem sua bebida preferida: a cachaça. Cachaça pura, é claro. Caipirinha é frescura de carioca.

Claro que divergem na escolha da marca da cachaça. Enquanto Siqueira toma apenas Anísio Santiago, a aguardente mais cara do Brasil, e põe cara nisso, Torreira bebe somente Magnífica, obviamente por causa do nome.

Sempre que se reencontram, como hoje, pedem as duas cachaças e implicam um com o outro, acusando-se ora de burguês exibido, por pedir uma bebida tão cara, ora de traidor da pátria mineira, já que a Magnífica é produzida e engarrafada no estado do Rio de Janeiro. Eu jurava que era mineira, Ramon sempre retruca. Não é, o médico sempre insiste. Não faz mal, replica o professor: ela é magnífica! Eles então começam a beber nos respectivos copinhos, para poderem pedir mais uma dose e depois outra – e outra.

Ramon tenta falar sobre a viagem para o seu último congresso, em Londres, mas Siqueira o interrompe para contar antes as desventuras do jovem Bernardo e, principalmente, as desventuras dos móveis e das janelas e das paredes da sua clínica, vítima do surto de fúria animal do seu mais novo cliente e paciente.

O professor de linguística se interessa imediatamente pelas frases e palavras incompreensíveis pronunciadas por Bernardo desde criança. Quer anotá-las, mas não tem caneta nem papel, nunca leva para o bar seus instrumentos de trabalho.

Pega dois guardanapos de papel da mesa vizinha e implora por uma caneta ao garçom que cisma que o bar é um *pub*, em itálico e tudo, e não um bar. O funcionário reluta, tentando valorizar o empréstimo da caneta preta

NANOOK 29

enfiada no bolso do uniforme, mas Ramon se levanta, quase derrubando a cadeira para trás, e toma o objeto, na mão grande.

Anota escrupulosamente as palavras, preocupado em não errar nenhuma sílaba e nenhuma letra. Dobra cuidadosamente os guardanapos e os põe no bolso, junto com a caneta do garçom, como de hábito. Explica ao amigo que vai pesquisar o que aquilo significa.

O médico retruca: se é que significa alguma coisa. Ramon responde, sem brincar, que aquelas expressões têm significado, sim. Ele não reconhece a língua, mas sem sombra de dúvida se trata de uma língua estrangeira, provavelmente uma aglutinante.

O que é uma língua aglutinante?, pergunta Siqueira. Torreira responde que não dá para responder hoje, está com caninha demais na cabeça. No entanto, quando conseguir traduzir as falas de Bernardo, ele o avisa e aproveita para explicar a diferença entre as línguas flexionais e as línguas aglutinantes.

Ah, agora entendi tudo, tenta brincar o médico: uma língua aglutinante é o avesso de uma língua flexional, bem como vice-versa. E antes que o amigo responda, indignado, que é muito mais complicado do que isso, claro, ele pergunta do tal congresso em Londres, embora na verdade não esteja muito interessado. Enquanto Ramon já viajou algumas vezes ao exterior, normalmente para participar de congressos da sua área, Siqueira nunca saiu do Brasil.

Bem, na verdade Siqueira nem sequer conhece o mar. Nunca saiu do estado de Minas Gerais, suas viagens de ônibus ou de carro limitando-se ao trajeto entre Ouro Preto e Belo Horizonte.

Ramon não se preocupa com a caipirice do amigo e logo se derrama em contar as maravilhas da viagem a Londres. O congresso, que de fato aconteceu na universidade de Oxford, na cidade de mesmo nome, foi chato, como sabem ser quaisquer congressos acadêmicos. Mas rever os colegas e conhecer novas pessoas, como sempre, foi muito interessante, empolga-se Ramon, sem perceber o gesto fóbico de Siqueira, imaginando-se sufocado no meio de uma multidão de pessoas dispostas a socializar e confraternizar sobre o nada.

O professor aproveitou também para passar três dias em Londres, onde assistiu a um show de James Taylor, no Royal Albert Hall, e a uma exposição de William Turner, na Tate Britain. O doutor Homem não tem o menor interesse por música, por pintura ou por arte de maneira geral. Por isso, não reconhece os nomes citados pelo amigo. Nem dos lugares nem dos artistas.

Pressupondo, ao contrário, que o outro esteja tão empolgado quanto ele por ouvir falar no compositor americano e no pintor inglês, Ramon diz a Siqueira que ele tem de visitá-lo na universidade para ver, no seu gabinete, a reprodução que trouxe de uma aquarela magnífica, magnífica! (que nem a cachaça), do próprio Turner.

Trata-se de um quadro chamado "A tempestade de neve". Se você olha alguns bons minutos para ele, diz

Ramon, você se sente dentro da maior e melhor tempestade do mundo!

Pensando como uma tempestade pode ser melhor do que qualquer outra ou do que qualquer coisa, e ainda que está muito longe o dia em que perderia bons ou maus minutos olhando para um quadro, Siqueira diz que está na hora, já bebeu demais e ainda tem de trabalhar de noite, preparando o estudo que precisa fazer do caso Bernardo.

Ramon não se incomoda e como sempre lhe dá um tremendo tapa no braço, dizendo pode deixar, a conta é minha, inclusive dessa cachaça caríssima que você bebe!

Siqueira aceita o oferecimento, até porque hoje é a vez de Ramon – eles se revezam pagando a conta. Levanta-se para ir embora enquanto massageia o braço esquerdo com a mão direita.

—

Siqueira volta para casa. Ele mora sozinho numa pequena casa igualmente tombada pelo patrimônio histórico, como o prédio da clínica.

A casa se situa na rua Pacífico Homem, bem próxima à estação de trem. O médico faz o caminho do bar a casa andando, como sempre. Passa por várias subidas e descidas, muitas ladeiras cortam a cidade, mas não se incomoda com isso, ao contrário. Andar assim é o seu exercício físico preferido. Na verdade, é o seu único exercício físico.

Venta bastante nesta noite, o que aumenta a sensação de frio, esse frio completamente fora de época. A caminhada e o frio parecem gastar a bebida ainda mais rapidamente.

Bem em frente ao portão da casa, o médico vê o mesmo cão branco, ou outro semelhante, sentado na calçada. Ele não se liga muito em cães ou qualquer bicho, mas não sente nenhum medo especial, até porque há muitos cachorros nas ruas da cidade.

Chega mais perto, para ver se o animal permite que entre na própria casa. Nota então que se trata de um cão bastante grande. Para sua surpresa, ele permanece sentado e, devagar, sem rosnar ou mostrar os dentes, levanta o focinho para encará-lo.

Os olhos amarelos e brilhantes o assustam um pouco, embora não sinta ameaça na postura do cachorro. Que, depois de olhá-lo nos olhos por um bom tempo, se levanta e começa a andar direto na sua direção.

Precavido, Siqueira sai da frente. O cão passa e, elegante e silenciosamente, se afasta.

Os olhos, o andar e seu porte são diferentes dos que conhece de outros animais. Que raça será essa?, pergunta para seus botões, que não têm como responder – ele não conhece os nomes das raças de cães.

Se conhecesse, diria que é um pastor branco, que alguns chamam de pastor canadense, outros de pastor suíço. No entanto, ele estaria errado. Os dois cães gêmeos que viu hoje não são pastores brancos.

Na verdade, eles não são sequer cães.

Sem saber disso, o médico entra em casa, aliviado por chegar e por ter passado pelo cão branco. Não tira o casaco, está ainda mais frio dentro de casa, e segue o ritual de todos os dias: cortar um pedaço do bolo de fubá que compra no caminho e encher um cálice com o licor de jenipapo, de uma das muitas garrafas que coleciona há anos. Come o bolo devagar e bebe o licor num gole só, como que para arrematar as cachaças do início da noite.

Assim evoca a mãe, que o recebia da volta da escola com uma fatia de bolo de fubá, e o pai, que tomava licor mineiro no mesmo cálice com a expressão severa, enquanto folheava um jornal ou um livro. Menino, come um bolinho!, dizia ela quando o filho chegava, chamando-o sempre pelo apelido. O pai virava uma página atrás da outra do jornal ou do livro, enciumado, e então bebia do licor também num único gole. Era analfabeto, mas fazia questão de fingir que não, embora todos o soubessem.

Para Homem, tornou-se uma obrigação manter o ritual pelo qual evoca a memória dos pais, já falecidos – com mais intensidade e dor, a memória da mãe.

Depois de cumpri-lo para si próprio, o doutor Siqueira senta-se à velha escrivaninha de mogno para rabiscar algumas anotações.

O caso Bernardo.
O rapaz que não é normal desde criança.
Também posso dizer: que não é neurotípico.
A mãe.
Que fala, fala e fala e talvez enlouqueça o filho.
Ela se chama Bruna.
O pai.
Que se cala e que morre um pouco a cada filho que nasce.
Ele se chama Artur, sem L.
O filho.
Que ora parece autista, ora louco perigoso.
Ele se chama Bernardo.
Bernardo demora muito para começar a falar.

Quando o faz, fala numa língua incompreensível.
Língua estrangeira ou inventada?
Língua aglutinadora, segundo Ramon.
Ou aglutinante?
Os outros dois irmãos.
Que se chamam Bruno e Arthur, este com h.
Que também deveriam se chamar Bernardo.
Claro, se houvesse coerência na dona Bruma e no mundo.
Autismo ou esquizofrenia.
Psicose, não.
Prescrever risperidona?
Ainda não.
Os olhos: que encaram, se fixam ou vagam.
Agressividade imprevista e desmedida.
Força desproporcional ou incomum.
Descontrole.
Retorno repentino ao controle.
Psicose, talvez?
Animal, agir como.
Que animal?
Grunhir, urrar.
Apavorante.
Síndrome de Asperger.
Ou síndrome de Tourette.
Síndrome de Angelman, não.
Transtorno Explosivo Intermitente, talvez.
Também conhecido como síndrome de Hulk.
Quando criança eu queria ser Hulk.
Ou síndrome do descontrole.

Variante do Distúrbio de Personalidade Antissocial.
Transtorno fóbico, associado à síndrome do pânico?
Nanique, nanik ou nanook?
Nome, coisa, verbo, interjeição, advérbio ou nada?
Qanniq, apiti e quiquiquetaaaluque - ou lá o que seja.
Algum significado? Algum sentido?
Estudar a literatura pertinente ao caso.
Visitar dona Bruma.
A casa de Bernardo.
Observar o ambiente e os irmãos também.
Normais, violentos ou indiferentes?

São apenas as primeiras anotações, pensa o médico, enquanto pousa a caneta sobre o caderno aberto e se levanta para pegar mais um casaco. Ao abrir o armário, volta a estranhar: estamos perto do verão, essa temperatura definitivamente não é normal.

Nem a temperatura consegue ser normal? O vento e as nuvens escuras no céu deveriam trazer calor antes da chuva e não esse frio e esses arrepios.

Siqueira procura alguns livros na estante do corredor, revivendo o orgulho que sentiu ao fazer aquele móvel sozinho. Encomendou e serrou a madeira, lixou, aparou, envernizou, pregou e montou, tudo sem ajuda e no prumo certinho.

Que pena que seu pai não pôde ver. Se visse, teria de mudar de opinião sobre a sua falta de habilidade manual. O pai de Homem dizia que aquela falta de habilidade vinha da parte da mãe, claro.

O médico empilha os livros na mesa como sempre faz desde a faculdade, seguindo a ordem alfabética do sobrenome de cima para baixo. Para esse início de estudo do caso de Bernardo, seleciona apenas os livros de Higashida, Leader, Sacks e Searles, alinhando-os pela lombada. Depois, pensa melhor e pega também os livros de Rosing, Widermann, Grambo e Cox.

Mentalmente lamenta, como também faz desde a faculdade ou até um pouco antes, que os livros não sejam publicados todos com a mesma altura e a mesma largura, ficariam muito mais arrumados tanto na estante quanto na mesa.

Siqueira folheia os livros, buscando as marcas de lápis que deixou nas páginas. Revive a sensação boa de estudar, apenas estudar.

Se os pacientes, as enfermeiras, os outros médicos fossem não mais do que conceitos e casos, que bom não seria? Ele não precisaria sair de perto dos seus livros nem ficar tão próximo das pessoas.

De pessoas como a mãe de Bernardo, que o incomodam bem mais do que pacientes como o próprio Bernardo. De pessoas como a sua enfermeira, Úrsula, que o perturba apenas por estar por perto, para ele sempre perto demais.

Pouca intimidade, de preferência nenhuma intimidade. É tudo o que ele quer. Apavora-o tudo o que sabe das perversões do ser humano pelo tanto que estudou, porque na verdade pensa nas próprias perversões, devidamente recalcadas. Que elas permaneçam sempre assim é o seu lema secreto, embora a prática profissional o obrigue a desencavar as perversões alheias.

Bem, mundos ideais, por definição, não existem. Médicos perfeitos, também não. Portanto, de volta ao real, para fazer o melhor possível.

No caso específico do filho de dona Bruma, é preciso pensar como o garoto pensaria. A tarefa nunca se mostra fácil, porque normalmente não se tem consciência da própria consciência. Fala-se dela, como se fosse uma pessoa à parte da própria pessoa, mas se trata de uma construção de muitos tijolos e que requer manutenção constante. Ora, se pouco se sabe de si, como saber sobre o outro a ponto de se poder ajudá-lo ou curá-lo?

O doutor lembra o ditado milenar: *Medice, cura te ipsum.*

Siqueira sorri. Adora essa citação latina, embora ela ponha sob suspeita toda a sua profissão. Ao mandar que o médico cure a si mesmo, deixa implícito que ele não faz isso, e, portanto, que não poderia se arvorar em curar os outros.

De toda forma, ele precisa trabalhar. Ele precisa cuidar de pessoas como o jovem Bernardo. Pessoas que sofrem porque não falam que sofrem, ou porque, quando conseguem falar, não dizem o que querem ou o que os outros esperam ouvir.

Como disse um autista japonês que conseguiu se expressar tocando os caracteres de uma prancha de alfabeto: nossas vozes são como nossa respiração, elas apenas saem de nossas bocas.

Não sei se Bernardo é autista ou não, pensa Siqueira, mas o estudo do autismo pode me ajudar a chegar nele. Pessoas com essa doença não diferem tanto assim de pessoas normais, exceto em intensidade. Se algumas vezes pensamos em uma palavra e falamos outra, os autistas que conseguem falar fazem isso o tempo todo. Se algumas vezes as palavras nos vêm como cachoeiras dentro da cabeça, eles são afogados por cachoeiras de palavras o tempo todo. Autistas têm menos pensamentos do que "imaginamentos". O médico ri sozinho ao lhe ocorrer de repente esta palavra. Ri de novo quando lhe ocorre que as palavras lhe ocorrem antes que ele de fato as pense. Dizer que pensei isso ou aquilo pressupõe que eu seja o autor e o dono das minhas palavras – uma espécie de deus. Mas as coisas não acontecem exatamente assim, como nos revelam os autistas.

Diz-se que autistas não pensam com lógica, princípio, meio ou fim porque cenas aparentemente aleatórias os assaltam do nada todo o tempo, muitas vezes fazendo-os rir sozinhos como Siqueira faz agora. O que o leva a pensar que ele próprio talvez tenha mais "imaginamentos" do que pensamentos, como se organizasse de maneira lógica as suas cenas internas apenas enquanto trabalha ou fala com alguém ou para alguém. Logo "imaginamenta", sorrindo, que ele próprio, como psiquiatra, talvez seja apenas um autista bem-sucedido.

Autistas sentem que seus corpos não lhes pertencem. Os braços e as pernas parecem rabos de sereia que escorregam para todos os lados. Muitas das suas crises mostram fortemente essa sensação de não-sou-eu-quem-está-fazendo-isso! Sensação, aliás, de que nós mesmos nunca estaremos livres.

Talvez Bernardo batize essa coisa que o toma e domina o seu corpo de Nanook, pensa o médico. Quem sabe Nanook não seja uma palavra, mas sim uma chave, porque esteja no lugar de outra palavra que ninguém consegue entender?

Os autistas choram?

Existe uma resposta poética: os autistas choram, sim, mas não por causa de dores físicas e sim graças à dor na memória. Suas lembranças não se organizam cronologicamente, o que faz parecer que todas aquelas que eles acessam tenham acabado de acontecer. É, portanto, como se eles tivessem acabado de perdê-las. Suas histórias acontecem sempre agora.

Siqueira se recorda da fala de um neurologista, embora não se lembre do seu nome. Esse neurologista disse que exatamente a mesma área do cérebro é acionada quando vemos algo, uma cadeira, por exemplo, ou pensamos nesse algo. O cérebro parece não saber bem a diferença entre realidade e pensamento. Os autistas talvez não usem os nossos truques para esconder a incompetência dos nossos cérebros.

Também não é verdade que os autistas não olhem nos olhos das outras pessoas. Inclusive aqueles cujos olhos parecem completamente perdidos, de algum modo eles olham intensamente para as pessoas. Bernardo, que não sei se é ou não autista, lembra Siqueira, olhou nos meus olhos por um instante intenso, a cor dos olhos parecendo aumentar essa intensidade.

Acontece que para eles os detalhes pulam à frente e só depois a imagem inteira do outro se forma. Os autistas se concentram tanto nos detalhes que demoram a identificar quem ou o que se apresenta. Talvez antes olhem intensamente não para o olho de quem fala com eles, mas sim para a voz que escutam.

Sim. Antes de a escutarem, olham para a voz, procurando detalhá-la visual e poeticamente. Da mesma maneira, adoram enfileirar coisas e ficar horas e horas vendo água correr, enquanto outras crianças brincam de faz-de--conta-que-eu-sou-mocinho-e-você-é-bandido.

Nesse momento, o médico dá uma gargalhada. Ninguém escuta sua gargalhada, mas ele supõe do nada que Bernardo consiga escutá-lo e também rir, sem que os enfermeiros do lado de fora do quarto da fúria entendam o porquê.

Siqueira percebe que está em casa estudando liricamente a poesia do autismo logo depois de um provável autista destruir a sua clínica e ferir a sua enfermeira mais competente – bem, a sua única enfermeira. Ele se dá conta de que se enamora pelos meandros intelectuais da doença do jovem Bernardo, mas se esquece de contabilizar os próprios prejuízos, que não devem ser pequenos.

O médico então se levanta para fazer um chocolate quente. Devo estar realmente me tornando autista, pensa, enquanto conjectura essas coisas e procura no armário um casaco ainda mais quente.

Não, bobagem. Autistas adoram números, porque símbolos imutáveis os acalmam. Ele, no entanto, detesta números e detesta fazer contas. Logo, não se considera um autista, como queria demonstrar para si próprio.

Amanhã deve ligar para o administrador, que mora em Belo Horizonte. Precisa convidá-lo a dar um pulo rápido em Ouro Preto para fazer os cálculos necessários que lhe permitam repor o que foi quebrado ou danificado.

Agora, um pouco mais bem aquecido, volta a suas elucubrações, que ficam mais metafísicas.

O autismo não pode ter surgido como uma resposta da natureza a toda a devastação que a espécie humana submeteu o planeta?

E se o autismo não for uma doença, mas sim a manifestação inicial de uma evolução?

Ou de uma regressão?

Os autistas podem ser viajantes de um passado muito distante.

Ou mensagens de um futuro perigosamente próximo.

Bem, as suas elucubrações estão mais para delirantes do que para metafísicas, pensa Siqueira, sorrindo. Hora de dormir. O dia foi cheio de emoções, continua, antes de apagar a luz da sala e pegar mais um cobertor no armário do quarto.

No entanto, encontra a velha dificuldade de dormir, por causa do frio e daquela pergunta que ficou martelando na sua cabeça.

Vira para um lado, vira para o outro, várias vezes. Embola-se todo nos dois cobertores, até que. Enfim.

Venta forte e está ainda mais frio quando amanhece. Siqueira lembra vagamente que sonhou com um médico inglês dizendo que todo mundo mente. Como em todas as manhãs, ele passa na padaria da esquina. Antes de entrar, enxerga ao longe o mesmo cão branco de ontem, sem saber que, todavia, não é nenhum dos dois que viu e que nem mesmo é um cão.

Franze os olhos, começando a se preocupar. Mais uma coisa que não faz sentido, pensa: um cão branco, branco qual um fantasma, a me atormentar.

Para tirar o animal da cabeça, pede ao atendente café pingado e pão com manteiga na chapa. Pretende depois arrematar com um pão de queijo bem quente, aquele que está prestes a sair do forno.

Na porta da padaria, há mais moradores de rua, que Homem preferia continuar chamando de mendigos, até porque ninguém pode morar de verdade na rua! Eles costumam se deitar nas calçadas apertadas da cidade, cobrindo-se com panos esfarrapados. Com o frio que faz, não há pano esfarrapado que dê conta.

Entre eles, uma menina suja e maltrapilha tenta acender um fósforo, sem sucesso. Talvez seja filha de um deles. No entanto, pode ser também que a aluguem para exibir e assim arrancar esmolas mais gordas das pessoas.

As mãos tremem, por causa do frio. Cada fósforo que ela risca logo se apaga. Nervosa, ela tenta acender outro, como se dependesse daquilo para se esquentar, pouco que seja. Suas tentativas patéticas com os palitos de fósforo não parecem um teatro para comover os transeuntes. Tanto não parecem que acabam comovendo de verdade.

Até que o mendigo mais próximo dela dá um tapa em sua mão e a seguir se atira no chão, para recolher os fósforos que o tapa acabou de espalhar por cima das pedras.

A menina não chora, acostumada a ser agredida assim. Apenas se encolhe mais um pouco, tremendo de frio.

O médico pensa que a prefeitura precisa fazer alguma coisa, recolher esses coitados em algum lugar. Ao mesmo tempo suspira de alívio, um pouco envergonhado, ao lembrar que o seu estabelecimento é uma clínica particular e não um hospital público. Mas o pensamento culpado e preocupado insiste, contra a sua vontade: e se eu pudesse levar a menina dos fósforos para a clínica?

O funcionário da padaria o salva da sua crise de consciência perguntando, com a intimidade de sempre: e aí, doutor?!, como explica o desaparecimento dos ursos?

Que desapareci..., quer perguntar, mas lembra do noticiário da tevê. Recorda-se também de que não prestou muita atenção. Quer dizer que foram os ursos que desapareceram... Como assim, onde, quantos?, escutei muito por alto, estava ocupado com problemas na clínica, se justifica.

O rapaz explica, com toda a ênfase que pode: os ursos-polares de todos os jardins zoológicos do mundo desapareceram, todos de uma vez só!

Siqueira ri e pergunta que piada é esta.

Outro cliente, um farmacêutico aposentado de cabeça branca e óculos fundo de garrafa, interrompe e diz que não é piada. Ou então é uma jogada de marketing muito da bem-feita, embora não se possa saber com que propósito ou para vender o quê.

Fiquei ontem o dia inteiro na frente da televisão vendo as notícias sobre o desaparecimento dos ursos-polares dos zoológicos, conta o farmacêutico. São mais de mil imagens gravadas, de antes, durante e depois. De um dia para o outro todos os ursos-brancos simplesmente sumiram dos zoológicos de todo o mundo. Em Mendoza, na Argentina, em Berlim, na Alemanha, em Edimburgo, na Escócia, em Toronto, no Canadá, em todos os lugares os espaços reservados àqueles animais ficaram vazios de um minuto para outro.

No zoológico de Toronto, o lugar onde ficam os ursos-polares é muito grande, tanto que eles hospedavam, digamos assim, três espécimes adultos e dois filhotes gêmeos recém-nascidos. As câmeras os mostram num segundo passeando calmamente sobre a neve, mas no segundo seguinte eles não estão mais ali.

Isso não faz sentido, comenta Siqueira, seu riso se transformando em sorriso amarelo. As câmeras não pegaram os caminhões ou os helicópteros enormes que certamente levaram esses animais gigantescos? As imagens não mostram coisa alguma. Nenhum caminhão entrou nos jardins zoológicos nesse dia, da manhã até a noite. Não há rastros na terra ou na neve. Ninguém viu qualquer helicóptero nem escutou nenhum barulho de helicóptero. Na televisão fica até engraçado: os especialistas entrevistados parecem baratas tontas a explicar o inexplicável. Os bichos apenas ≥ puf ≤ desapareceram do nada, explica o velho farmacêutico.

E só os ursos-polares sumiram desses lugares. Os demais ursos – pretos, pardos, cinzentos, pandas – continuam lá, completa o rapaz que os atende.

Urso panda não é urso, contesta o boticário, como se chamavam antigamente os farmacêuticos. Os dois começam a discutir desde quando um urso não é um urso, ora.

O médico paga a conta com um monte de moedas e sai para andar na direção da clínica. O atendente nem se preocupa em conferir, o doutor é cliente antigo. Prefere continuar a discutir com o farmacêutico.

Que coisa, pensa Siqueira, enquanto caminha e se agasalha melhor. Essa história de *global warming* está ficando séria demais. Na verdade, tudo se mostra muito estranho. Estranho é ver tanta gente encasacada neste mês. Estranho é tanto mendigo, digo, morador de rua deitado na calçada tremendo de frio e talvez de medo.

Mundo maluco.

Será que existe algum psiquiatra de mundo?, pensa o médico, rindo amargo por dentro.

Eu é que não posso cuidar disso, antes tenho de cuidar dos meus maluquinhos que ainda por cima resolvem quebrar tudo à sua volta. Não posso me esquecer de ligar para o administrador, anota mentalmente enquanto caminha.

Seus passos o desviam da clínica, porém. Em vez de ir para a direita, subindo as ladeiras, desvia para a esquerda, por outras ladeiras. Caminha, sem consciência clara de para onde vai, na direção de uma casa modesta, mas de construção nova, na rua Bernardo Guimarães, perto da igreja de Nossa Senhora do Rosário.

O que estou fazendo aqui?, pergunta a seus botões, enquanto pega no bolso o caderninho de anotações. Onde é que anotei esse endereço?

Ah: é a casa da dona Bruma.

A última pessoa que eu queria encontrar hoje, pensa. Ou talvez seja a única pessoa que eu queira encontrar hoje, constata, se estou aqui em frente.

Ato falho é um saco, sorri. Freud é um saco, ri-se por dentro.

Antes de tocar a campainha, percebe novamente o cão branco, que parecia esperar ser notado para se afastar. Por que diabos este animal está me seguindo?, pensa. Ou, se não é o mesmo animal, de onde saiu tanto cão branco desse tamanho?

Na verdade o bicho não me segue, ele reflete, se aparece sempre na minha frente. Mais um fenômeno louco desse mundo enlouquecido.

Quando toca a campainha, a própria Bruma atende, sem parecer surpresa. Convida-o a entrar, lhe oferecendo café ralo e bolo de fubá. O café ele dispensa, embora a senhora ponha a caneca de ágata na sua frente. O bolo de fubá, aceita. Não parece ser tão bom quanto o da sua mãe, mas está no nível daqueles que ele compra no caminho de volta para casa.

Sentam-se na mesa da cozinha, como se aquela fosse uma visita habitual entre amigos antigos. Siqueira surpreende-se ao perceber que a mãe de Bernardo parece hoje mais velha, mais triste e mais simpática do que ontem, na clínica. Incomodam-no as janelas abertas do aposento, deixando o vento frio invadir toda a casa.

Dona Bruma não pergunta pelo filho nem espera pelas perguntas do médico. Como se respondesse a uma questão que não foi feita, a mãe dos rapazes diz que os três a decepcionaram.

Bruno, o mais velho, acaba de tentar vestibular para medicina. Não passou, claro.

Arthur, o do meio, briga na escola estadual com os colegas e com os professores, que implicam com ele – e muitas vezes o humilham – por ser gay.

O médico pensa que o bolo de fubá está quentinho, bem razoável, deve ter saído do forno há pouco, por isso imagina como pedir outro pedaço para compensar a obrigação de escutar a verborragia da mulher. No entanto, não fala o que pensa, mas sim que Bruno tem apenas dezessete anos e fez o vestibular para a carreira mais concorrida, natural que não passasse na primeira vez.

E Arthur, que tem apenas dezesseis anos, é natural que seja viado?, pergunta amargamente a mãe. E Bernardo, que tem somente quinze anos, é natural que seja maluco de pedra desde bebezinho?, questiona com a mesma amargura, enquanto suas mãos gentilmente servem mais um pedaço de bolo para o visitante antes que ele o peça.

Siqueira engasga com os farelos e tosse, sem saber como argumentar contra lógica tão ilógica. Depois de tomar um gole do café frio para ajudar a engolir mais um pouco de bolo, o médico responde que cada situação difere da outra, os problemas dos meninos não se comparam, eles não são equivalentes.

Mas são todos meus filhos e todos problemáticos, responde a mãe, para completar: a menos que o problema seja eu.

Eu não disse isso, responde o psiquiatra.

O senhor não disse isso ainda, contesta Bruma, mas vai dizer logo.

Siqueira não sabe se bufa, se grita, se admira a agilidade mental da mulher ou se segue porta afora, mas lembra que tem a sorte de não ser filho dessa senhora e se acalma.

Melhor estudar o caso que não deixa de ser único. A literatura da mãe-que-enlouquece-o-filho registra que é comum a mãe afetar um dos filhos. São muito raros os casos, todavia, da mãe que enlouquece todos os rebentos queridos.

Na verdade, se há três filhos, um se torna o preferido, normalmente o primogênito, outro se torna o esquecido, normalmente o do meio, enquanto o caçula é devidamente enlouquecido. Leva vantagem não o preferido, porque a preferência se torna também um peso incontornável, mas sim o esquecido, que fica um pouco mais livre para construir a própria identidade.

O mais novo, claro, pode ser completamente esmagado. Essa mãe, porém, se esforça por destroçar a autoestima de todos os filhos, sem dar preferência a nenhum deles em particular. A circunstância deveria fazer com que todos ficassem mais fortes e não mais fracos.

Entretanto, um deles sofre com seu desempenho escolar, o outro sofre para definir e defender a sua identidade sexual, enquanto o terceiro sofre com tudo isso e mais um pouco, se não consegue nem falar português direito. Na verdade, se prefere urrar em vez de falar.

O médico sabe que precisa ainda conversar com os irmãos para não se restringir à perspectiva, talvez à fantasia da mãe. Eles não estão em casa, porém, terá de vir outro dia. De todo jeito, que mulher poderosa, pensa ironicamente o médico. Mãe capaz de tirar todos os filhos do eixo.

Mas essa mãe o surpreende a seguir, começando a chorar. Não se descabela, não se desespera, apenas deixa escorrer livremente lágrimas grossas pelo rosto. Os olhos, molhados, encaram com calma o espanto do interlocutor.

Que ga-gagueja, perguntando, o que-que a-aconteceu?

Passando a mão nos cabelos brancos, dona Bruma responde: não aconteceu nada. Esse é o problema, não acontece nada comigo. Por outro lado, tudo acontece com os meus filhos, com o meu finado marido e mesmo com o senhor doutor aqui na minha frente. Na minha vida, nada. A minha vida é menos do que nada, se vivo em função deles, desses homens. Agora, do senhor também.

Isso não faz sentido, se espanta Siqueira. Mães-que--enlouquecem-o-filho não choram. Na verdade, quem vive de enlouquecer os outros não olha o mínimo que seja para si próprio, se usa toda a sua devastadora energia emocional para projetar nesses outros suas fraquezas e seus recalques.

O médico acaba se espantando com o próprio espanto, porque isso significa que ele já estava com o diagnóstico pronto apesar de todas as advertências em contrário que formulou para si próprio.

Dona Bruma continua a chorar silenciosamente. Não soluça nem põe as mãos na frente do rosto. Olha fixo ora para os olhos do interlocutor, ora para o vazio atrás dele, como se observasse a própria vida numa tela imaginária.

Como o filho mais novo, num momento parece que não está nem aí, no momento seguinte ofusca a personalidade do doutor.

Num instante olha através das lágrimas e do médico como se não houvesse ninguém na frente, no outro o encara tão fixamente com seus olhos molhados que parece molhar os pensamentos do homem, digo, de Homem.

Siqueira percebe que mãe e filho são muito mais parecidos do que pensara, talvez mais do que Bruma mesma reconheça. Ou ao contrário: ela reconhece, sim, que as emoções e dificuldades do filho se assemelham às suas, e então se assusta, como se tivesse gerado um retrato vivo de si mesma que cresceu à sua frente.

Siqueira não sabe mais o que falar ou o que perguntar à mulher. As lágrimas dela tiraram o seu chão. Na verdade, lágrimas alheias normalmente o desequilibram. Ele se levanta sem graça e se despede.

Ela não fala nada e continua olhando fixamente para a frente, enquanto continua a chorar.

Sem saber como sair, o médico preocupa-se em fechar as janelas da cozinha, está muito frio. Procura em volta um casaco para a mãe de Bernardo e o acha na sala, sobre uma poltrona bergère antiga. Ele pega o casaco e o coloca com cuidado sobre os ombros da senhora, que permanece sentada.

O doutor Homem então sai da casa, preocupado em fechar a porta e o portão atrás de si. Lento e pensativo, ele caminha na direção da clínica. Como se fosse criança, lê as placas das ruas, embora as conheça desde sempre. Quando relê o nome da rua em que moram Bruma e seus filhos, primeiro estranha, depois dá um sorriso.

Que engraçado.

Mais engraçado ainda é lembrar que o escritor Bernardo, que empresta o nome à rua onde mora a mãe dos três irmãos, é autor de um romance chamado *O seminarista*.

No entanto, não é Siqueira quem lembra disso, se ele lê muito pouca coisa além dos manuais psiquiátricos. Eu é que não consigo deixar de achar curioso o fato de a cidade de tantas igrejas homenagear, só porque ele nasceu e morreu aqui, o autor que naquele romance atacou os padres com as palavras mais fortes que conhecia.

Sem essas preocupações, que de fato não lhe ocorrem nem lhe competem, Siqueira passa pela rua Doutor Getúlio Vargas, sorrindo por compartilhar o tratamento de "doutor" com o antigo ditador do Brasil. Pela rua São José chega à famosa Conde de Bobadela, com as pousadas mais chiques, até entrar na praça Tiradentes, onde normalmente se concentram os turistas e seus horrorosos ônibus de excursão. Hoje não há ônibus. Turista, um ou outro, devidamente encasacado e preocupado com o clima. Alguns estudantes, dos muitos universitários que assolam a cidade, tentam fazer as brincadeiras de sempre com seus grupos, mas logo se encolhem numa das esquinas.

Siqueira se lembra do próprio tempo de universidade, sentindo que deve ter se passado mais de um século.

Devagar, desce a rua Cláudio Manoel da Costa até o Largo do Coimbra. Mais alguns passos, cruza a frente da igreja de São Francisco de Assis e chega na rua das Mercês e na sua clínica.

∇

Marceneiros substituem as janelas quebradas e pintores retocam as paredes, enquanto lojas de móveis entregam novas mesas e cadeiras. Na parede do hall, uma nova televisão, agora de tela plana. No lugar de Siqueira, alguém, provavelmente Úrsula, ligou para o administrador. Ele agiu rápido como sempre.

No meio do movimento, as três filhas do outro paciente internado se espremem no hall de entrada à busca de notícias, sem saberem ao certo o que aconteceu no dia anterior. Elas são da cidade de Araxá, mas fizeram questão de tratar o pai em Ouro Preto com o doutor Siqueira. O pai delas é um senhor idoso acometido do mal de Alzheimer. Em estágio bastante avançado, já não reconhece mais nenhuma das filhas e fala coisas sem nexo de repente, como por exemplo: amanhã foi um dia muito bonito. Ou então: ontem sou cor de ferro. Em momentos de lucidez, chora e reclama que não há mais gente dentro dele.

O médico explica às três irmãs que não aconteceu nada com o pai delas, exceto a evolução da própria doença. Um rapaz é que sofreu uma crise no meio da primeira consulta e por isso também foi internado.

Mais ou menos aliviadas, elas entregam um sabonete, um casaco e um cobertor extra para o velho pai, preocupadas com o frio fora de época.

O médico diz que não precisam se preocupar, a clínica tem cobertores e agasalhos suficientes, embora não tenha certeza se são de fato suficientes. Anota mentalmente a necessidade de fazer uma ligação para o administrador a respeito do problema.

Siqueira chega na sua sala e chama pela enfermeira. Úrsula entra e começa a relatar como estão os consertos e as reposições dos móveis, mas o médico a interrompe, perguntando antes como ela está.

Atrapalhada, a moça mostra um curativo no rosto e diz que tem um ou dois hematomas pequenos no corpo, nada grave.

Mas você não ficou assustada ontem?, pergunta o médico.

Um pouco, responde a funcionária, mas acho que essas coisas fazem parte desse trabalho, o senhor não acha?

Bem, eu não esperava por aquilo naquela hora, vindo daquele rapaz. Foi uma surpresa, comenta o doutor.

Úrsula concorda sem muita convicção e volta a fazer o relato dos consertos e das reposições dos móveis. Ela confirma o medo do médico ao reconhecer que não há cobertores suficientes, os que existem não esquentam o bastante. Já falei desse problema com o administrador, explica.

E quanto ao jovem Bernardo?, pergunta Siqueira, contente que a funcionária tenha tomado todas as providências.

Bem, responde a enfermeira, o rapaz parece bem. Ele se mantém calmo e fica a maior parte do tempo encostado na janela gradeada. De lá olha para as nuvens escuras no céu. A mãe o trouxe com um casaco fino, mas ele não parece sentir muito frio, como se lhe bastasse a camisa de força. Do visor na porta, eu fiquei com a impressão de que o seu corpo está relaxado, sem as tensões e contrações típicas desses pacientes, completa Úrsula.

Siqueira decide fazer logo uma primeira entrevista com Bernardo, mas antes pede que a mulher retire a camisa de força, se ele está calmo. Entrevistá-lo amarrado só o deixará predisposto a se opor ao entrevistador e ao mundo.

A enfermeira concorda, acrescentando que gostaria de deixar um cobertor no lugar da camisa para o paciente se cobrir caso sinta frio. Como não há cobertores suficientes, no entanto, ela trouxe um de casa.

O médico se surpreende com tanta eficiência e gentileza. Úrsula sorri de leve e pergunta se pode se retirar para cumprir a ordem.

Espere, leve Hércules com você, replica o psiquiatra. Siqueira então chama à sua sala o enfermeiro mais forte, aquele que segurou o rapaz no meio do surto e que, não por acaso, atende pelo apelido de Hércules. Hoje porém é o dia da folga de Hércules, obrigando-os a se contentarem com Jesus.

Jesus é o nome do outro funcionário. Ele entra na sala, cobrindo o físico mirrado e o uniforme com um casacão cinzento tamanho GG. O médico segura o sorriso frente àquela figura magra e baixa, meio ridícula, embora com a voz forte. Siqueira lembra, e é mais um motivo para conter o riso, que o enfermeiro sempre se gaba de nunca ir à igreja nesta cidade que tem tanta igreja. Afinal, o nome de Jesus tem poder e ele já tem o nome de Jesus. Logo, ele tem poder!

Jesus, o poderoso, confirma o relatório de Úrsula; Bernardo não teve mais nenhuma alteração. Mas se dona Úrsula vai entrar naquele quarto eu mesmo lhe dou cobertura!, exclama Jesus, como se estivessem se preparando para fazer uma incursão perigosa em território inimigo e como se ele chefiasse toda uma equipe bem-treinada e bem-equipada, quiçá armada – o que não é bem o caso.

Siqueira agradece a cobertura e diz vamos todos. Levanta-se, para subir com os seus funcionários ao quarto do paciente mais jovem.

Como lhe foi relatado, encontra-o bastante calmo. Bernardo deixa que Úrsula retire a camisa de força sem opor resistência ou demonstrar rancor, enquanto continua a olhar pela pequena janela para a nesga de céu, ou melhor, de nuvens pesadas, que se consegue perceber.

Com carinho imprevisto, a enfermeira cobre os seus ombros com o cobertor que trouxe de casa. Com um leve sorriso, Bernardo agradece.

O médico sai com Jesus e Úrsula. Em seguida, pede que os dois fiquem do lado de fora com a porta apenas encostada, olhando atentos pela janelinha de vidro para entrarem em qualquer eventualidade.

Tem certeza, doutor?, duvida em voz alta o enfermeiro, como que se esforçando para que o paciente o escute do lado de dentro.

Siqueira responde que tem certeza, claro, e entra no quarto apressando-se em encostar a porta logo depois, para que Jesus não o siga. Sua experiência mostra que nenhuma entrevista dá certo se duas ou três pessoas cercam o paciente, uma delas sem muita habilidade de trato com pessoas normais, que dirá com aquelas que não estão no seu estado normal, digamos assim.

Bernardo continua olhando, atento e relaxado, pela janela.

Não há uma cadeira para se sentar. Não pode haver cadeira neste tipo de quarto, os pacientes poderiam usá-la como arma ou como base para tentarem se matar, quem sabe. Siqueira se abaixa para se sentar no colchão estendido no chão e encostado em uma das paredes. Sente-se inseguro sem ter sua cadeira e sua mesa na frente, mas naquele momento ainda não deve levar o rapaz para o consultório.

O psiquiatra encosta-se na parede para não sentir dor nas costas e pega caderno e caneta, fazendo alguns pequenos barulhos para chamar a atenção do paciente.

Bernardo continua a olhar para o lado de fora, ignorando o médico. Siqueira então lhe pergunta se não sentiu frio esta noite, ou se não está sentindo frio agora, se quiser lhe empresta o próprio casaco, além do cobertor trazido por Úrsula.

Sem tirar os olhos da janela, o rapaz deixa cair o cobertor dos ombros e responde com voz clara e firme que nunca sente frio. Aceitou o cobertor para agradar à moça bonita, mas não precisa dele.

Siqueira percebe que ele está tão articulado como quando falou "por favor, eu só queria avisar: Nanook está vindo para cá", e depois quando disse ainda "por favor, não precisa de nada disto", referindo-se ao aparato improvisado para imobilizá-lo no dia de ontem. Aproveitando o gancho da lembrança, pergunta rápido, para ver se surpreende o rapaz:

– Quem é Nanook?

Bernardo, no entanto, apenas sorri.

O médico repete a pergunta, o rapaz repete o sorriso. Ou melhor, sorri um pouco mais largo, mas sem traço de ironia – como se algum tipo de paz o contemplasse.

Siqueira registra mentalmente o sorriso do paciente e pergunta: por que você precisou quebrar tudo ontem lá embaixo?

Ainda sem tirar os olhos da janela, Bernardo repete que só queria avisar que Nanook, seja lá o que for, vinha para cá.

Assim não consigo muita coisa, pensa o médico, mas preciso insistir até quebrar as defesas dele. Decide confrontá-lo e pede, com voz firme: por favor, você pode olhar para mim?

Bernardo vira um pouco a cabeça, bem devagar, enquanto fala que sim, pode olhar, se aquele homem lá fora parar de olhar aqui para dentro.

Siqueira se levanta do colchão com alguma dor nas costas, vai até a porta e pede que o enfermeiro e a enfermeira os deixem sozinhos, embora com um gesto peça que se afastem apenas poucos passos, o suficiente para que o paciente não os veja.

O médico volta a se sentar como se tivesse atendido Bernardo, voltando a lhe pedir que olhe nos seus olhos.

O rapaz, olhando ainda apenas para a janela, diz que Jesus continua ali assim como Nanook está chegando aqui.

Como é que ele sabe que o nome dele é Jesus?, se espanta Siqueira, enquanto se levanta novamente, com a mesma dificuldade, para ordenar que o enfermeiro vá embora de vez.

Jesus dá mais dois passos para trás e faz a mímica de que não vai sair dali, mas o médico volta a ordenar, com palavras e também com gestos, que os dois se afastem de vez e os deixem sozinhos.

Sem se incomodar, Úrsula obedece. Ela não parece temer nada em relação ao paciente, pelo menos hoje. Jesus, com expressão meio preocupada, meio aborrecida, atende à ordem, afinal o doutor Siqueira não é só o doutor Siqueira, mas também o dono da clínica e portanto o homem que paga o seu salário.

De seu lado o médico toma a decisão mais temerária, a de ficar sozinho com um paciente que acabou de ter um surto violento. Não sei bem se ele é muito dedicado, pouco inteligente, ou se Bernardo o desafia. O rapaz de fato não se comporta como autista, embora o controle das suas palavras e emoções possa já sugerir um quadro levemente psicótico, o que aumenta e não pouco o perigo.

Com a coragem que não tem, Siqueira entra novamente no quarto e desta vez fecha a porta atrás de si, não a encosta apenas.

Bernardo espera Siqueira se sentar pela segunda vez no colchão para ele também se sentar no chão bem à sua frente, olhando-o tranquila e diretamente nos olhos.

Sentindo um arrepio percorrer as suas costas, não tem certeza se de frio ou de receio, ou melhor, medo mesmo, o psiquiatra faz a primeira pergunta que lhe vem à mente e que não é nenhuma daquelas que planejava fazer:

– Por que você nunca sente frio?

Por que eu nunca sinto frio?, o rapaz repete a pergunta, para responder a seguir, como se cantasse o estribilho de uma música: porque eu nunca sinto frio.

Siqueira agradece, pensando que ele não deve se irritar com os círculos viciosos entre a resposta e a pergunta. Esse movimento mental é normal em quem não está normal – bem, na verdade também em muita gente que se acha normal.

Olhando algumas anotações, o psiquiatra faz outra pergunta, tentando conectar Bernardo com a sua infância:

– O que quer dizer *qanniq aputi quiquiquetaaaluque?*

Siqueira até espera que Bernardo responda que *qanniq aputi quiquiquetaaaluque* quer dizer *qanniq aputi quiquiquetaaaluque*, ora, mas o garoto o surpreende, respondendo com o que parece apenas uma palavra: inuktitut.

Agora é a vez de o médico sorrir, antes de perguntar "então o que quer dizer inuktitut", tomando o cuidado de omitir a palavra "raios" que veio na sua cabeça entre "que" e "quer".

À sua frente e por sua vez o rapaz novamente abre um sorriso largo para responder que "inuktitut quer dizer inuktitut, ora".

Siqueira respira fundo ao sentir que o rapaz brinca, não sabe como, com a própria mente. Pergunta-se o que mais pode perguntar sem receber de volta tautologias circulares, quando Bernardo o surpreende outra vez, porque começa a proferir um longo discurso, porém completamente mudo. Seus lábios se abrem e se mexem como se ele falasse muito e estivesse muito preocupado com que o outro o entendesse, mas não se escuta nenhum som.

O movimento frenético dos lábios é acompanhado por igualmente frenéticos movimentos das mãos de Bernardo, que alternadamente apontam para o interlocutor, para a janela e para o céu nublado que se vê pela janela. Depois, as mesmas mãos se fecham e se abrem como se explicassem o que não se pode saber. Finalmente, as suas mãos se postam palma contra palma, levando-o a se ajoelhar e movimentar os lábios como se estivesse rezando, para quem ou para o que também não se pode saber. Siqueira se sente invadido por todas aquelas palavras que não escuta. Esforça-se por tentar vislumbrar algum sentido nos gestos e, quem sabe, no movimento labial do paciente, mas a contragosto sente uma emoção tão forte que arranca várias lágrimas dos seus olhos antes que consiga se controlar.

Neste momento, Bernardo para de falar, ou melhor, para de mover os lábios como se falasse ou rezasse, para abrir um sorriso discreto no rosto e mostrar os olhos igualmente molhados.

O médico percebe que não tem mais condições emocionais de prosseguir com a entrevista e tenta se levantar do colchão, sentindo mais aguda a dor nas costas, talvez esteja com alguma hérnia de disco. Assusta-se, porém, quando Bernardo se levanta, ágil, antes dele e dá um passo na sua direção. Todavia, o rapaz não o ataca, ao contrário: lhe oferece a mão para ajudá-lo a se levantar.

Siqueira aceita a ajuda, entre impressionado e um pouco envergonhado. Em pé, bloqueia a vontade de abraçar o rapaz, seria completamente absurdo, mas agradece com ênfase, muito obrigado! O agradecimento, porém, também é um tanto ou quanto absurdo, se as respostas do seu jovem paciente não parecem ter deixado nada mais claro.

Sob o olhar compassivo de Bernardo, o psiquiatra sai do quarto e fecha a porta atrás de si, sentindo que pouca coisa combina com alguma coisa.

5

Quando se dirige abalado para o consultório, Siqueira percebe no hall de entrada os funcionários e os visitantes amontoados em pé num canto. Eles estão paralisados frente à televisão nova. O psiquiatra pensa que o próprio objeto atrai essa atenção toda, mas logo se dá conta de que as pessoas se mostram interessadas não no aparelho em si, mas sim nas notícias que passam na tela.

Essas notícias o deixam tão hipnotizado quanto os outros. O tom do locutor é alarmista. As imagens que se sucedem assustam pela repetição e pelo contraste. As informações parecem saídas de um filme B de ficção científica.

Tão próximo ao verão, a temperatura cai velozmente não somente em Ouro Preto, mas nas demais cidades do Brasil, inclusive nas regiões Norte e Nordeste.

Câmeras da África, da Ásia e da Oceania mostram as mesmas nuvens escuras. O sol se esconde, sem fazer distinção, em todos os hemisférios e em todos os continentes.

Satélites mostram o planeta inteiro coberto por nuvens densas. Meteorologistas consultados só conseguem dizer que o fenômeno é completamente impossível, embora esteja acontecendo.

Ainda não é inverno na Europa e na América, mas particularmente no Canadá todos os recordes negativos começam a ser batidos, um atrás do outro, tanto de frio quanto de precipitações de neve. As cidades de Toronto, Quebec, Ottawa e mesmo Vancouver, na costa oeste, estão tão cobertas de neve que o trânsito de veículos e pessoas está severamente prejudicado.

Acontece a mesma coisa em Nova York, São Francisco e Nova Orleans, nos Estados Unidos, como em Londres, Berlim e Lisboa, na Europa. Contra todas as previsões de cientistas e ambientalistas, o aquecimento global inverte os sinais e se torna rapidamente, não se sabe ainda por quanto tempo, um resfriamento global. Ou, pior ainda: um congelamento global.

O processo de aquecimento do planeta já causa há anos ondas localizadas e relativamente curtas de frio intenso, mas a derrubada da temperatura em todo o mundo se dá de uma hora para outra e não segue nenhum padrão ou modelo conhecido.

Como se não bastasse, o problema do desaparecimento dos ursos-polares toma dimensão ainda mais assustadora. Desaparecem não menos do que todos os animais da espécie, não apenas os que se encontravam cativos em parques zoológicos.

Aventureiros, fotógrafos, cientistas e patrulheiros relatam que os ursos-brancos simplesmente sumiram de toda a região ártica, do Alasca à Sibéria, na Rússia. São pouco mais de vinte mil animais que desaparecem de qualquer mapa, que desaparecem de qualquer vista. Há pelo menos duas décadas se teme a extinção da espécie por causa das alterações climáticas, mas não de maneira tão repentina.

Centenas de ursos se encontravam monitorados por chips, minúsculos circuitos eletrônicos ligados ao sistema de posicionamento global mais conhecido pela sigla em inglês, GPS. Entretanto, todos os chips sumiram das telas dos controladores ao mesmo tempo, como se os pequenos aparelhos e os grandes animais que os carregavam desaparecessem todos juntos no ar, ≥ puf ≤!

As dezenas, digo, as centenas de ursos que se deslocavam, como em todo ano, para pontos de encontro a exemplo de Churchill, no Canadá, onde esperavam o congelamento da baía de Hudson, não chegaram nesses locais nem são mais vistos em lugar nenhum, pelo ar ou pela terra.

Entrevistam-se pessoas em todos os cantos e de todas as classes. Crianças ficam preocupadas que os pinguins, tão fofinhos, personagens de tantas animações, desapareçam também.

Professores se apressam a explicar, didaticamente, que os ursos-polares não convivem, ou não conviviam, com pinguins: esses mamíferos vivem no Polo Norte, isto é, no Ártico, enquanto tais aves – que não voam – vivem no Polo Sul, isto é, na Antártida. Na verdade, a palavra "ártico" vem do termo grego para "urso", enquanto "antártida" vem do exato oposto em grego, significando, precisamente, "não urso".

Cientistas se mostram perplexos. Alguns tentam comparar o cataclismo ao episódio do desaparecimento das abelhas em cerca de dez países alguns anos atrás, quando bilhões de abelhas abandonaram suas colmeias e simplesmente sumiram sem deixar rastro. A síndrome recebeu o apelido de *Colony Collapse Disorder* ou, literalmente: "síndrome do colapso da colônia." Mais tarde, descobriu-se que uma infecção por vírus danificara o código genético dos insetos.

Aos poucos, as abelhas reapareceram e, de todo modo, não haviam desaparecido todas ao mesmo tempo, nem de todos os lugares. O sumiço completo de uma espécie, e de uma espécie com indivíduos tão superlativamente maiores do que uma abelha, porém, não tem precedentes, a não ser talvez nas especulações sobre a extinção dos dinossauros há milhões de anos, considerando a possível queda de um meteoro gigantesco.

Entretanto, não só nenhum meteoro gigantesco caiu em qualquer lugar do planeta como não se encontra nenhuma explicação, quer para a mudança planetária do clima, quer para o desaparecimento dos ursos. O curioso é que o urso-polar seria, de todas, justamente a espécie mais adaptada ao frio intenso que começa a se espalhar pelo mundo.

As notícias locais logo dão conta da morte, provocada pelo frio, de vários moradores de rua e outras tantas pessoas, normalmente ou muito velhas ou muito jovens, na capital e em muitas cidades do interior do estado.

Ouro Preto não é exceção. Muitos já morreram no município. As pessoas então se dispersam da frente da televisão, quase como se sentissem medo de congelarem, desaparecerem ou morrerem também.

Siqueira tenta afastar da cabeça, sem muito sucesso, a imagem daquela menina maltrapilha, na frente do bar, que tentava acender um fósforo atrás do outro para se aquecer. Será que ela...? Melhor não pensar nisso.

Ele ainda fica mais alguns minutos em frente ao aparelho sem saber o quanto pode confiar no que vê e escuta, mas acaba por voltar para o consultório. Ao entrar, fecha a porta e a janela. Ou o frio realmente aumentou muito ou a temperatura é que diminuiu demais, o médico brinca mentalmente com a relatividade das coisas.

O que fazer agora?

Os acontecimentos no mundo e na clínica o deixam perplexo.

Nem os ursos-polares podiam ter desaparecido de uma hora para a outra nem o jovem Bernardo, com apenas quinze anos de idade e um quadro de deficiência mental desde o nascimento, podia ter se mostrado tão forte tão de repente, a ponto de quebrar toda a clínica como se tivesse se transformado num grande animal furioso. E por que voltou ao normal tão rápido – se há alguma normalidade nesse caso –, a ponto de parecer tão seguro e tão enigmático, falando educadamente com o médico e com os enfermeiros? Que animal furioso ele teria trazido do fundo inconsciente de si próprio...

... não, não quer nem pensar no que está pensando.

Por que ele afirma que nunca sente frio...

... a mesma imagem lhe vem à mente e não faz nenhum sentido, trata-se com certeza de uma sugestão extemporânea, descolada do contexto.

Siqueira se orgulha do seu controle emocional, crucial na profissão. Por isso se preocupa que o longo discurso mudo de Bernardo o tenha comovido tanto. Há muito tempo que não chorava, recorda. Hoje, porém, chorou. Não entendeu uma vírgula ou sequer um gesto do que o rapaz queria dizer, se é que ele queria dizer alguma coisa, mas ainda assim se sentiu profundamente tocado pelo que não entendeu.

O que o teria impressionado mais? Os lábios se mexendo muito rápido? O olhar que parecia tão preocupado que o outro o entendesse? A impressionante performance mímica? As mãos do rapaz apontando para ele, para a janela, para o céu escuro do lado de fora? Ou o movimento final dessas mesmas mãos, que se fecharam e se abriram sucessivas vezes até se postarem palma contra palma?

A emoção lhe volta, descontrolada. Mais uma vez as lágrimas pulam, absurdas, dos olhos do psiquiatra. De algum modo, lhe parece que o inconsciente do menino de repente rezava. Rezava, talvez, pela menina dos fósforos!

As imagens da menina na rua e do menino na clínica se misturam dentro de sua mente, comovendo-o e constrangendo-o ao mesmo tempo. A suposta oração de Bernardo não deveria tocá-lo, mas o tocou e lá no fundo.

Como o enfermeiro Jesus, o médico muito poucas vezes entrou numa igreja nesta cidade de tantas igrejas.

Gosta de se considerar um cientista. Ora, todo cientista é por definição cético. Logo, ele deve pôr em dúvida tudo aquilo para que não haja evidências suficientes. Na verdade, ele é mais do que um cético, pois sempre se apresenta como ateu. O cético duvida, mas o ateu tem certeza de que Deus não existe. Ora, se Deus não existe, rezar para ele não faz sentido. Logo, também não faz sentido se comover daquele modo com a oração de Bernardo.

Homem foi batizado católico como de praxe, ainda mais em Minas Gerais, mas quando criança não se sentia bem na maioria das missas a que assistia. Lembra-se de ter feito a primeira comunhão na igreja de São Francisco de Assis, aqui, ao lado da clínica, mas passou mal e "devolveu" a hóstia. Precisou voltar ao padre, na beira do altar, para tomar na boca uma segunda hóstia, controlando-se desesperadamente para não cometer novo sacrilégio.

A sua família em particular e as mineiras em geral ficaram escandalizadas. Chegaram a falar que o Menino, como o chamavam, estava possuído pelo diabo. Por sorte, não encontraram nenhum exorcista habilitado na cidade.

Quando adulto, a meio da sua própria terapia, procurou combater o mal-estar com as missas visitando novamente a impressionante igreja barroca em que comungou por duas vezes. Fugiu, porém, tanto dos fiéis quanto dos turistas. Preferiu enfrentar sozinho o antigo trauma, no meio dos bancos de madeira. Recorda agora que, naquele dia, algumas lágrimas furtivas também tomaram de assalto os seus olhos. Algo dentro da mente insistia em lhe dizer que enfrentava não apenas o velho trauma de infância, mas

Deus em pessoa, se podemos falar do divino ser como uma pessoa.

Ora, para o médico ateu, Deus é obviamente uma ficção. O problema é que essa ficção lhe provoca arrepios imprevistos na coluna, como quando entra numa igreja vazia. Ou como quando vê Bernardo na posição de quem reza – mas para quem? Os religiosos chamam esses arrepios de epifanias, momentos em que Deus se revela dentro da pessoa. Siqueira, porém, continua achando que o arrepio é fruto apenas da sua emoção perante o desconhecido. É difícil expressar essa emoção com palavras, porque ela parte do que ele não conhece nem pode conhecer. Tentando defini-la ao menos para si próprio, o médico imagina que a emoção e o arrepio consequente correspondem à súbita sensação de compreensão da essência de algo, como se encontrasse a última peça do quebra--cabeça da vida. É como se não mais do que de repente os fragmentos incoerentes do mundo se arrumassem e os impulsos contraditórios da alma se harmonizassem. No entanto, se tenta explicar esse sentido para alguém, ele escapa no meio das palavras, o que é ainda mais perturbador do que o arrepio nas costas. Parece que o mundo deixa de ser lógico para se tornar absurdamente intenso.

Siqueira balança com força a cabeça, para afastar os arrepios e as epifanias. Ele anota no caderno o que tenta lembrar da perturbadora entrevista com Bernardo, mas não consegue organizar as próprias anotações nem as recentes reflexões – melhor seria chamá-las de devaneios perturbados. Pensa em pedir ajuda, mas não sabe bem a quem. Não há outro psiquiatra na cidade, e seus amigos da faculdade saíram do estado, ou para trabalhar em São Paulo ou para fazer pós-doutorado em Paris. Conhece alguns bons profissionais em Belo Horizonte, mas não tem relação próxima com nenhum deles.

Na verdade, precisa reconhecer, o bicho do mato que atende pelo nome de Homem Siqueira não tem relação próxima com ninguém, à exceção do seu amigo Ramon, o professor de linguística na universidade federal. Portanto, só lhe resta pedir socorro a ele. Talvez o antigo colega tenha descoberto alguma coisa sobre a enigmática frase *qanniq aputi quiquiquetaaaluque*, bem como as palavras isoladas *nanuk*, *nanook* e *inuktitut*. Talvez um caminho aberto pela decifração dessas palavras possa ser menos perturbador do que o contato direto com o garoto.

O psiquiatra fecha bem o casaco, levantando a gola, e sai da clínica para caminhar na direção da universidade.

W

"Sê fiel até à morte, e dar-te-ei a coroa da vida!", brada o homem, fazendo com que Homem sorria por dentro.

No caminho do psiquiatra para a universidade, posta-se no meio da rua aquele sujeito magro de terno puído, recitando trechos do Apocalipse aberto à sua frente.

"'Virei sobre ti como um ladrão, e não saberás a que hora sobre ti virei', disse o filho de Deus, mas vejam que a hora está chegando!", exclama também o pregador.

Enquanto recita os versículos aos brados, nitidamente preocupado em não cometer erros de concordância, o homem treme de frio. Ao lado, segurando na barra do seu terno velho, uma menina mais magra ainda treme ainda mais. Ela não está tão malvestida e pouco agasalhada quanto a menina dos fósforos, mas o seu rosto muito triste destaca os olhos escuros que, todavia, brilham muito, ou por fome ou por doença.

A temperatura parece ter caído vários graus, deve estar bem abaixo de dez. As nuvens no céu se mostram ainda mais escuras e mais baixas, se isso é possível. Logo que pôs o pé fora da clínica, o médico se arrependeu de não ter trazido pelo menos o velho cachecol de lã.

Pelas ruas de paralelepípedo, há quem improvise pequenas fogueiras com folhas, galhos e lixo, para tentar se aquecer. Na frente dos bares, grupos se aglomeram tomando não mais cerveja, mas sim cachaça ou conhaque, enquanto conversam sobre a mudança do clima e o desaparecimento dos ursos.

No largo do Coimbra, em frente à feira popular de artes e antiguidades, estranhamente vazia a esta hora, Siqueira é quase atropelado por um gaiato correndo. Ele carrega um cartaz de passeata proclamando, sozinho: "Abaixo o frio!"

Atravessa a esquina seguinte e já na praça Tiradentes vê um mendigo maltrapilho cantando, alegre e feliz, a música troncha que deve ter acabado de inventar: "Eu morro de frio, rê!, tu morre de frio, rá!, todo mundo morre de frio, rê, rá, olê-olê, olê-olá, olê-olê, olê-olá!"

O terceiro sujeito que o médico encontra é o rapaz magro atracado com o livro do Apocalipse.

"O que está assentado sobre o cavalo amarelo tem por nome Morte e o inferno o segue e é dele o poder para matar a quarta parte da terra com espada e com fome e com peste e com as feras da terra!", proclama o proclamador, referindo-se sem dúvida ao pior dos cavaleiros do Apocalipse.

Neste momento o pregador procura alguém, entre os poucos que o escutam na rua. Deita os olhos naquele que se chama Homem e lhe aponta o dedo, gritando: "Caíram sobre os homens, vindas do céu, enormes pedras de granizo, trinta e cinco quilos cada uma!"

Em reflexo involuntário, o médico olha para o céu e para as nuvens escuras, com medo de ser atingido ou pelas gigantescas pedras de gelo ou pelas palavras do pregador da rua.

Que vocifera mais uma vez, alertando que "as feras da terra!, as feras da terra estão vindo!, as feras da terra estão vindo para a nossa Terra!".

Homem dá alguns passos para trás, assustado. Assusta-o ainda mais a comoção que provoca o olhar brilhante, doentio, da pequena menina que segura na barra do paletó do pregador furioso. O médico pensa ao mesmo tempo nos ursos-polares, considerados os mamíferos mais ferozes e poderosos do planeta, e no seu paciente preso no quarto, capaz de destruir mesas e cadeiras e outras coisas como se fosse, exatamente, uma fera humana.

Tremendo de frio, medo ou vergonha, difícil distinguir, Siqueira se esgueira para fora das vistas do pregador e da menina. Enquanto anda rápido para se esquentar, procura na memória as fontes do seu querido ceticismo para se defender da superstição que vê crescer velozmente, não somente à sua volta, mas também dentro de si próprio.

Tenta recordar que Bíblia quer dizer "biblioteca", que o Livro não é apenas um livro, mas sim uma coleção de 66 livros escritos em épocas muito diferentes por muitos autores anônimos. Logo, muitos são os livros, muitas são as verdades, muitos são os deuses imortais que já passaram por esta Terra e, feliz e infelizmente, já morreram.

Desta vez, porém, o seu honrado e prudente ceticismo não consegue acalmá-lo como antes. Ele não consegue rir do profeta da rua, ao contrário: sente um genuíno medo dele e do que ele fala.

Mais pessoas assustadas e outras tantas enlouquecidas cruzam o seu caminho até a universidade. Lá procura o departamento do amigo e o encontra assistindo a um programa na pequena televisão da lanchonete, cercado por alguns alunos. Ramon o vê pelo canto do olho e o chama para assistir também.

No programa, uma repórter entrevista no Ártico um especialista em ursos-polares. Neve e gelo à volta, ambos quase somem dentro de seus casacos com gola e capuz de pele. O microfone na luva da repórter mostra como ela treme dos pés à cabeça.

O especialista encontra-se mais à vontade com o frio de muitos e muitos graus abaixo de zero. Uma faixa na parte de baixo da tela mostra o seu nome e a sua credencial: Thomas Lennartz, biólogo.

Thomas conta que acompanha os ursos-polares há muitos anos. Já levou muitos pesquisadores, fotógrafos e turistas para verem de perto a espécie, principalmente na beira da baía de Hudson. Os animais se reúnem no final do outono, esperando o mar congelar. Quando isso acontece, vão para o norte à procura de alimento.

O entrevistado sempre precisa lembrar a seus convidados que os ursos-polares não são gigantescos bonecos de pelúcia. Pelo contrário, são animais maravilhosos, mas imprevisíveis, perigosos e poderosos. De modo geral o urso-polar não ataca seres humanos, porque não fazemos parte de sua dieta nem ele nos reconhece imediatamente como predadores, mas também não permite aproximações irresponsáveis.

Lennartz considera o animal simplesmente magnífico, ou melhor, *magnifique!*, inclusive por não ser de modo algum domesticável. Trata-se de um mamífero sem predadores, à exceção do ser humano, na verdade o predador genérico de todos os animais do planeta. O urso-polar é o maior carnívoro terrestre, com o pescoço mais longo que o de qualquer outra espécie do gênero. Entre os machos, alguns pesam mais de uma tonelada. Em pé, o animal chega a incríveis três metros, três metros e meio de altura.

As lendas dos inuit, lembra Thomas, veem o animal como um super-homem, por conta de sua capacidade de ficar em pé e andar nas duas patas de trás. Outros mamíferos, como cães e cavalos, podem empinar por segundos, mas não se sustentam nas pernas traseiras. O andar do urso-polar, reparem, é semelhante ao andar humano, porque, como nós, ele se apoia nas plantas dos pés.

A repórter esclarece ao telespectador que os inuit são os habitantes do Ártico, antigamente conhecidos como esquimós. A seguir, ela pergunta como o pesquisador explica o desaparecimento de todos esses animais, corrige, de todos esses magníficos animais.

Thomas começa a dizer que não consegue encontrar nenhuma explicação, mas engasga enquanto lágrimas escapam dos seus olhos. Apressa-se em enxugá-las com o dorso das luvas, talvez por medo de congelarem sobre a pele. Diz que todos os seus amigos nativos encontram-se profundamente desolados com o acontecimento, como se...

... como se a história se interrompesse de repente e a vida perdesse todo o sentido, consegue dizer.

Neste momento, Thomas se afasta da frente da câmera, deixando a repórter tremendo sozinha enquanto tenta dar conta do frio extremo e da própria emoção. Ela também tenta, mas não consegue concluir a reportagem, logo fazendo o conhecido gesto de "corta, corta, por favor".

Os estudantes à frente da televisão na lanchonete se espalham em pequenos grupos, conversando perplexos sobre aquilo tudo. Ramon abraça Siqueira e o leva para a sua sala. No caminho, o psiquiatra pergunta ao professor se ele conseguiu descobrir o significado daquela frase e daquelas palavras. Aliás, ele tem mais uma, que Bernardo lhe disse ontem: inuktitut.

Ramon solta aquele tapa no braço do amigo, rindo e exclamando, "claro!", como se dissesse "eureka!".

Claro o quê?, pergunta Homem, se segurando para não devolver o tapa: claro que já descobriu o significado ou claro que Bernardo tinha de falar inuktitut?

Ambas as alternativas acima!, responde Ramon. Mas antes, você precisa prestar mais atenção nos nomes das pessoas!

Nomes? De que pessoas?, pergunta o médico, confuso.

Das pessoas da sua bela história, meu amigo, explica o professor. Comecemos com a primeira que entrou em cena: dona Bruma!

Ora, não é um nome comum, mas hoje em dia é comum as pessoas serem batizadas com nomes incomuns, argumenta Siqueira. Você deve ter um monte de aluno com nome para lá de esquisito, no íntimo odiando os pais que tentaram ser originais.

É verdade, Ramon ri, mas a seguir afirma que Bruma não, Bruma é o nome perfeito para uma mulher, por definição uma criatura feita de névoa.

Ei, não sabia que tinha virado poeta também!, é a vez de Siqueira rir.

Eu vivo das palavras, com as palavras e pelas palavras, explica o amigo antes dos dois-pontos: logo, não há como não ser poeta. E continua: a Bruma, a névoa, a neblina, a nuvem escura acima de nós, todas elas o procuraram para que cuidassem do seu filho Bernardo – ora, o que significa "Bernardo"?

O médico fica confuso com tantas imagens, mas logo lembra que dona Bruma lhe explicou ter dado esse nome ao filho porque ele nascera no dia de São Bernardo, como aliás todos os três irmãos também nasceram.

Pode ser, mas o que exatamente significa "Bernardo"?, contrapõe o outro.

Não sei, nunca me preocupei com o significado dos nomes, responde Homem, de sobrenome Siqueira, voltando a sentir que o nome do seu paciente realmente o incomoda, mas sem que consiga atinar por quê.

O professor Ramon sorri e faz suspense, valorizando a resposta à sua pergunta retórica:

– O significado de 'Bernardo', meu amigo, é 'urso'. Ou 'urso forte' ou 'urso amável', dependendo da fonte, mas sempre: 'urso'.

Siqueira sente novamente um forte arrepio nas costas. Será por isso que sente incômodo com o nome? A situação começa a se mostrar mágica demais para o seu gosto. E os ir-irmãos?, gagueja, também são ur-ursos?

Ramon responde que "Bruno" decerto vem de "Bruma" e significa apenas "moreno", mas o nome do pai e do filho do meio, Artur e Arthur, significam simplesmente... e faz a paradinha de suspense de novo... "rei-urso". Tá bom ou quer mais?, ainda brinca.

Ok, ok, você ganhou, se rende Siqueira, mas sem rir. As coincidências não diminuem o mistério, apenas o fazem aumentar. O psiquiatra diz então que veio não por causa dos nomes da família de Bernardo, mas sim por causa daqueles outros nomes.

Neste momento, chegam ao gabinete de Ramon. Ele diz que já decifrou tudo e que não foi difícil, mas antes precisa mostrar ao amigo a reprodução daquela aquarela de que lhe falou no bar.

Siqueira aprecia as artes plásticas tanto quanto as artes musicais, ou seja, praticamente as despreza. Entretanto, ao olhar para o quadro na parede, não deixa de se sentir tocado. A imagem mostra um barco a vapor no meio de uma tempestade no mar, sofrendo os efeitos devastadores de um vórtice de cores e formas que mistura os elementos todos, mar, céu, água, neve, madeira, matéria, barco, pessoas, terror!

Depois de deixar o amigo observar a aquarela do pintor inglês, o professor pede a sua interpretação da figura.

Como o psiquiatra abre a boca mas não consegue dizer nada, Ramon se apressa em explicar – na verdade era tudo o que queria desde o começo – que o navio no meio da aquarela pode ser interpretado como um símbolo dos esforços inúteis da humanidade para combater ou controlar as forças da natureza. O quadro *Snow Storm*, pontifica Ramon, é uma bela metáfora visual das consequências da arrogância humana.

Com o frio que está fazendo, tenta brincar Siqueira, em breve cairemos dentro desse quadro.

É a vez de Ramon abrir a boca e ficar com ela aberta, espantado com a perspicácia involuntária do amigo. Você pensa que brinca, aponta o dedo para o médico, mas na verdade você já esteve dentro desse quadro!

Hein?, estranha o médico.

O que aconteceu na sua clínica quando Bernardo, o nosso urso amável, começou a quebrar tudo e mais um pouco?, pergunta o professor.

Uma verdadeira tempestade, concorda Homem, sentindo mais um arrepio horroroso na coluna.

Meu amigo, diz Ramon, as mãos tremendo, você acaba de enunciar uma profecia que, todavia, já começa a se cumprir.

Assustado, o médico afasta os livros de cima da mesa e bate na madeira três vezes, com o nó dos dedos da mão direita. O professor ri da cena, mas seu riso já tem o gosto amargo de quem percebe que o problema é muito mais sério do que parece.

Tentando mudar de assunto, ou melhor, tentando voltar ao assunto que o trouxe aqui, Siqueira pergunta, certo, mas e a frase, as palavras de Bernardo?...

O professor se senta e manda o outro puxar a cadeira na sua frente. Hum, vai começar a aula, pensa o doutor, já meio arrependido de ter vindo.

Com toda a pompa, Ramon pede que o outro o acompanhe. Explica então que o primeiro nome científico do urso-polar era *"Thalarctos maritimus"*, combinando o grego *"thalasso"*, que quer dizer "mar", com *"arctos"*, que significa "urso do Norte", compreende? Daí é que vem Arthur, meu caro!, exulta o professor, mas sem que Siqueira consiga entender onde o outro quer chegar, se Bernardo não falou nenhuma dessas palavras.

Neste momento Ramon se levanta da cadeira, aponta para o nariz de Siqueira e exclama: Nanuk! Nanuk, ou: *quod erat demonstrandum!*

Mas você ainda não demonstrou nada!, levanta-se impaciente o médico, só para que o amigo coloque as mãos no seu ombro e o ponha sentado de novo, enquanto explica que *nanuk* é o termo do povo inuit para referir-se ao urso-polar. Na língua dos inuit, percebe agora?, *nanuk* significa "animal que merece grande respeito"!, logo, urso-polar...

– ... não é maravilhoso?

Depois de um minuto espantado de silêncio, o psiquiatra pergunta: Bernardo fala esquimó?

Não, ele fala inuit, corrige o professor. Ou melhor, ele fala, justamente, inuktitut, a língua dos inuit. Como Bernardo tentou lhe mostrar.

A palavra inuktitut significa, literalmente, "como os inuit". Os inuit não aceitam serem chamados de "esquimós", palavra que quer dizer "povo que come carne crua". Concordemos com eles que é uma definição muito limitada para um povo tão impressionante, povo para quem o urso-polar representa totem tão espetacular, a ponto de merecer todo o respeito que lhe possam conceder.

Certo, aceita Siqueira, e tenta voltar a seu paciente, perguntando: *qanniq aputi quiquiquetaaaluque* por acaso é uma frase em inuktitut?

Claro, responde novamente o professor Ramon.

Rodando a mão direita aberta no ar, o médico pede: e dá para você me esclarecer o que essas palavras querem dizer?

Claro, responde calmamente, e novamente, o professor Ramon.

– *Qanniq aputi quiquiquetaaaluque* quer dizer: 'Neva neve na ilha grande.'

Ah, agora entendi tudo, Siqueira bate, lentamente, palmas irônicas. Um menino que nunca conseguiu falar "papai", aliás, nem poderia, o pai morreu quando ele nasceu, enfim, um menino que nunca conseguiu falar "mamãe" nem "vovó" nem "bola", aliás, nenhuma palavra em português, de repente, aos três ou quatro anos de idade, fala uma frase inteira em esquimó, digo, em inuit, para explicar para todo mundo algo como "a chuva chove na ilha grandona". É essa a chave do mistério? Mas que diabos de porta ela abre?, pergunta o médico, nervoso.

A irritação cansada de um contrasta fortemente com o entusiasmo juvenil do outro. Meu amigo, retruca Ramon, estranhamente feliz, o seu mistério é tão interessante porque a cada porta que se abre mais outras dez portas se lhe apresentam para serem abertas! Preste atenção, ele pede com cuidado, como se falasse com uma criança: Bernardo quer dizer "urso forte"; Arthur quer dizer "rei-urso".

E o que o diabo de uma ilha grande tem a ver com as calças do Bernardo?, pergunta o doutor, perdendo quase toda a paciência.

Pacientemente, Ramon lhe devolve outra pergunta: você não ouviu Thomas Lennartz dizendo que os ursos--polares, animais normalmente solitários, se reúnem à beira do inverno para atravessarem a congelada baía de Hudson?

Sim, mas que raios tem Hudson a ver com qualquer ilha, grande ou pequena?, indaga o médico, quase explodindo.

No inverno, explica o professor, os ursos-polares atravessam a baía de Hudson para chegar à "ilha grande", isto é: à ilha de Baffin, meu amigo. A ilha de Baffin é a maior ilha do Canadá e uma das cinco maiores do mundo! Nela se encontra a capital do território de Nunavut, chamada Iqaluit.

Continuo sem entender nada, rende-se Siqueira, achando que o seu melhor amigo – bem, o seu único amigo – abandonou o português e resolveu falar na língua dos inuit. Sente-se ora desanimado, ora desapontado com o renomado linguista.

Sentado na cadeira, com as pernas cruzadas, o linguista pergunta: o que Bernardo lhe disse que queria dizer, ao quebrar toda a entrada da sua clínica?

Ele disse que nanuk estava chegando, isto é, agora entendo, ele disse que os ursos-polares estavam chegando – mas, ao contrário, eles estão desaparecendo!, responde o psiquiatra, percebendo que em algum lugar há uma sutileza que foge à sua limitada compreensão.

É Ramon quem lembra o que ele esqueceu ou confundiu, divertindo-se o tempo todo com as mínimas diferenças entre as palavras: ele não falou nem "nanuque" nem "nanuk", mas sim "nanoooook...", percebe? E estende os braços com as mãos abertas, como se tudo se explicasse esticando a vogal.

E *nanook* quer dizer..., arremeda Siqueira, já impaciente com aquela conversa, pedindo que o professor complete a lacuna.

Ramon responde, de repente sério:
– Nanook quer dizer Deus.

>

Nanook, porém, não é o nosso Deus, feito à nossa imagem e semelhança, mas sim o Urso-Deus dos ursos-polares, completa o professor Ramon.

Você está brincando, rebate Siqueira.

Eu não estou brincando desta vez, explica Ramon. A palavra da língua inuktitut para Deus é "Nanook". Esse deus tem a forma de um urso-polar, sim, mas um urso imortal, onipotente, onipresente e onisciente, como todo deus que se preza. Ele só não deve ser benevolente, completa o professor, considerando a fama de ferocidade do animal. E também acho que Bernardo não brinca: creio que ele acredita ser o arauto de Nanook.

Deus não existe, rebate Siqueira, desanimado e sem muita força. Logo, Nanook também não existe, tenta concluir: nanook é apenas uma palavra!

Não defendi o contrário, lembra Ramon. Entretanto, como linguista, eu nunca acho que uma palavra seja apenas uma palavra. Meu amigo cientista decerto não conhece, mas há tempos um filósofo tcheco disse que a língua cria a realidade. Eu não diria nada melhor.

Se a língua cria a realidade, o que cria a língua?, pergunta o psiquiatra, lembrando que essa questão é tão inútil quanto aquela que discute há milênios quem nasceu primeiro: o ovo ou a galinha.

É um pouco mais complicado do que isso, contesta Ramon. Na verdade o problema é religioso, do tipo: nós criamos Deus para que ele nos criasse ou Deus nos criou para que nós o criássemos?

Você fugiu da minha pergunta, replica Siqueira: se a língua cria a realidade, o que ou quem cria a língua? Consegue me responder isso?

Eu não, mas aquele filósofo de Praga conseguiu, diz o outro, sorrindo. Aliás, ele viveu no Brasil por muitos anos. E foi aqui mesmo, em Ouro Preto, que escreveu um belo texto para responder justo à sua pergunta. Sua resposta foi: a poesia cria a língua.

Poesia numa hora dessas?!, exclama amargamente Siqueira, para ouvir que é justo nessas horas que se precisa de poesia.

Esqueci que você sempre ganha todas as discussões, se leva todas para o terreno do *nonsense*, rebate o médico. Ele aproveita para se levantar e ir embora, não sem antes agradecer pela ajuda. Afinal, o amigo resolveu o enigma das palavras misteriosas, embora criando novos enigmas.

Ramon o acompanha até o portão, marcando encontro na clínica no dia seguinte, pela manhã. Ele quer ver Bernardo, se puder, e gostaria de conversar com o rapaz na língua que for possível, português ou inuktitut.

Siqueira concorda na hora, agradecendo enfaticamente o apoio, para a própria surpresa. Percebe então que o caso e o frio o estão deixando muito sozinho, quiçá à beira da depressão: ele aceita até esse piadista como assistente na clínica.

Já começa a escurecer, bem mais cedo do que o normal. A temperatura parece ter descido mais alguns bons graus, deve se encontrar perto de zero. Quando passam pela lanchonete, no pátio, a televisão continua ligada, embora não haja mais alunos em volta. As imagens são de várias cidades do sul do país, todas cobertas de neve. Não ocorrem pequenas precipitações, mas sim verdadeiras nevascas. Neva também em Itatiaia e Visconde de Mauá, no estado do Rio de Janeiro. Os meteorologistas avisam que ainda deve nevar nas próximas horas em várias outras cidades do sudeste, inclusive Ouro Preto.

A tempestade de Turner, diz Ramon, tremendo de frio.

A tempestade de Turner, repete Siqueira, tremendo de frio e de medo.

O medo não é apenas da possível tempestade que se avizinha da cidade, mas sim das forças estranhas que se movem perigosamente ao redor. Os dois amigos lembram que realmente já nevou um pouco em Ouro Preto, mas há mais de vinte anos, o suficiente para brincarem com pequenos bonecos de neve nas calçadas. Fora esse episódio na infância, Siqueira não viu mais neve, se nunca saiu nem de Minas Gerais.

Ramon, ao contrário, já foi a vários congressos na Europa, particularmente no inverno. Ele se lembra da primeira vez que viu neve em Freiburg, na Alemanha, como conta para o amigo. Corria ainda o mês de outubro. O professor alemão que o hospedava de repente o tirou de casa, o empurrou para dentro do carro e o levou para conhecer *der Schwarzwald*, a famosa Floresta Negra. Ele queria mostrar ao colega brasileiro o que eles chamavam de "primeira neve", ou seja, uma neve precoce, ainda bastante molhada. Mas era neve, contrastando com o verde das árvores e dos campos.

Não tivera tempo de pôr a roupa adequada. Pisou na neve com os tênis de sempre, que logo ficaram molhados. Quer dizer, gelados. O casaco de jeans não dava conta de enfrentar o vento frio. O colega nativo se vestia da mesma maneira, mas com certeza não estranhava aquela temperatura, para ele confortável. Apesar de ter os pés congelados, Ramon teve uma das poucas experiências de êxtase da sua vida, quer porque as cenas dos filmes de Natal se concretizavam na sua frente, quer porque naquela hora a paisagem lhe pareceu a mais bonita do mundo.

Para o professor, a neve branca contém todas as cores, não para torná-las irrelevantes, mas sim para ressaltá-las melhor no tempo e no espaço. A neve branca e extensa nos devolve à nossa fragilidade e assim nos torna íntimos de nós mesmos. A neve, empolga-se, fixa no solo a melancolia e a tristeza, logo, toca no melhor de cada um de nós. O sol e o humor, ao contrário, despertam antes nossos lados inteligentes, sim, mas beligerantes!, conclui Ramon, como se discursasse em um auditório.

Outra vez o poeta, ri-se Siqueira, não sem sentir uma forte ponta de inveja pela experiência de inverno e de neve que o outro viveu e ele não. Os amigos então se despedem com um demorado abraço, esquentando um ao outro por alguns momentos.

Siqueira refaz o caminho de volta para casa, os braços cruzados colados ao corpo, a gola do casaco levantada.

Quase não há mais pessoas andando na cidade, todos procuram se aquecer em algum lugar fechado.

Mas o cão branco está aqui, no meio da rua da universidade, olhando para o médico. Um cão que não late, mas mostra os dentes, maiores do que os que ele já teria visto em quaisquer outros. As pernas muito longas e os olhos amarelados, brilhando no escuro e observando.

Puxando coragem de onde não tem, o doutor Homem caminha resoluto na direção do cão branco. O animal não sai do caminho, mas também não o ataca. Calmamente, encara-o direto nos olhos.

Siqueira contém a vontade absurda de tirar a mão do bolso, onde a esquenta, para fazer um carinho no cão. Nunca fez isso com nenhum cachorro, vai fazer logo com aquele bicho tão imponente e de dentes tão grandes?!, pensa ele. Recolhe a mão e desvia-se do animal, que o segue apenas com os olhos, sem sair do lugar. O médico volta a andar, afastando-se aliviado.

Algumas esquinas à frente, se depara com um pregador bíblico. Reconhece aquele que encontrou no dia anterior. Ele está caído na rua, aparentemente desmaiado, parte do corpo na calçada, parte sobre os paralelepípedos, ainda abraçado com o livro. Siqueira hesita, pensando se o ajuda ou não, mas o que pode fazer?

A culpa o leva a se aproximar e a sacudir o sujeito, para ver se o leva para um canto um pouco mais protegido. Chocado, percebe que o religioso está morto. Morreu de frio, sem dúvida. Parece que Deus não o ajudou muito. E a menina de olhos brilhantes, aquela que estava com ele?, se pergunta, sentindo o coração apertar forte no peito.

Viver é de fato muito perigoso, diria o escritor mineiro. Na verdade o mundo todo está ficando muito perigoso e assustador, se é que não foi sempre assim. Siqueira tenta sair dali correndo para casa, mas tropeça nas pedras irregulares da rua e quase bate com a cabeça numa delas ao cair. Levanta-se, mãos e joelhos doendo, para voltar a andar. Já não consegue caminhar depressa, sentindo o frio misturado com a dor. Como que para compensá-lo, o vento faz carícias geladas no seu rosto.

Não, não é o vento.

São os primeiros flocos de neve que caem na cidade.

Só falta nevar no Rio de Janeiro, pensa por causa de nada. Ou talvez porque lhe venha de repente a proverbial saudade mineira do mar, principalmente de uma praia ensolarada e cheia de gente. Mar que ele mesmo nunca viu, nem quando era criança.

À sua volta, a cidade cada vez mais fria, escura e vazia, como se já abandonada. Um carro velho, parece um Chevette, e uma pequena caminhonete, também bastante antiga, derrapam na rua em declive, por causa da neve e talvez da camada fina de gelo que cobre os paralelepípedos. Os dois veículos deslizam sem controle, cada um para um canto, até baterem em outros carros estacionados. Para sua surpresa, os motoristas não saem dos carros, decerto assustados e com frio. Muito frio. Ou talvez os carros estejam tentando fugir sozinhos da tempestade que se aproxima, abandonando até mesmo os seus motoristas, pensa Siqueira com os seus botões. A seguir, acusa os próprios botões de alucinados, para não acusar a si próprio. Siqueira se sente como a cidade: mais que abandonado, desamparado. Tão desamparado que se desvia do caminho de casa sem sentir. Logo percebe que volta para A Clínica, isto é, para a clínica. Seus pés, no entanto, não procuram exatamente o seu estabelecimento, mas sim outro lugar próximo.

A igreja.

A igreja de São Francisco de Assis, na esquina da rua das Mercês.

Antes de chegar lá, repara que a noite se mostra mais escura do que o normal, provavelmente devido às nuvens muito baixas. Elas quase chegam a tocar o teto dos sobrados e a ponta dos postes, que têm uma luz mais amarelada que o normal, de tão fraca. Debaixo de um dos postes, Siqueira percebe, na sua base, dois outros focos de luz amarela, menores, porém mais intensos.

São os olhos de outro cão branco. Não o mesmo que acabou de ver, este parece maior ainda e o olha com a mesma placidez.

Passa por ele. Quando chega ao largo do Coimbra, na frente da igreja, cruza com poucos transeuntes, que mostram o semblante trêmulo e preocupado. O restaurante turístico ao lado da igreja encontra-se fechado, como normalmente não estaria nesta hora. Homem não vê nenhuma criança, apesar de não ser tão tarde. Quer encontrar alguma delas extasiada com a surpresa da neve, mas todas devem estar presas em casa, protegidas pelos pais assustados. E aquelas meninas que não têm qualquer proteção e acendem fósforos inúteis na rua gelada para se aquecer?, pensa logo a seguir, sem decidir se quer ou se não quer encontrá-las também em cima da neve. Da neve que não para de cair e já embranquece os paralelepípedos das ruas e as pedras das calçadas.

O médico reconhece, sem espanto, que desviou do caminho de casa para atender à irresistível necessidade de rezar um pouco. Entretanto, não se lembra de nenhuma oração, decerto por causa do trauma da primeira comunhão. Ainda assim, entra na igreja, talvez até para se aquecer. Não se surpreende ao encontrar várias pessoas no mesmo lugar, quase todas ajoelhadas.

O padre se encontra no altar mas não prega nem celebra missa, tão somente reza em voz baixa, tal como os demais fiéis. Do lado do padre, outro cão branco, mais um, sentado sobre as patas traseiras, de frente para os fiéis. Nem o padre nem mais ninguém parecem reparar no cão dentro da igreja. Será possível que só eu o vejo?, se pergunta Siqueira.

Como o padre, todos aqui procuram calor, conforto e amparo, mas a imagem que vem à mente do doutor é medieval: o povo que corre para dentro das igrejas para fugir da peste e, assim, sem querer, transmite o vírus letal ainda mais rapidamente. Desse modo, a população inteira se contamina, mas com a ajuda de Deus.

Por sorte, não há nenhuma nova peste, apenas frio. Muito frio. E um cão branco sentado do lado de um padre no altar.

Melhor não pensar nisso. Melhor aceitar o que vê como uma reles alucinação.

O clima de apreensão, que cresce na cidade à medida que a temperatura cai grau a grau, fica ainda mais concentrado dentro da nave da igreja. Não há ainda cenas de pânico ou histeria, mas quase se pode apalpar o terror no ar.

Sem pensar muito, Siqueira se senta num dos poucos bancos de madeira em que ainda há espaço, ao lado de uma senhora bastante idosa.

Ficar sentado não basta. Todos estão ajoelhados. Então, ele também se ajoelha.

Sorri de leve para si próprio, lembrando que não se recorda da ave-maria nem do pai-nosso que devia estar no céu. Entretanto, surpreende-se quando do nada lhe vêm à cabeça dois versos, que parecem de uma oração:

Ouve meus rogos Tu, Deus que não existes,
e em Teu nada recolhe estas minhas queixas.

Como se lembra disso?

E qual é o sentido de se rezar para um Deus que nem existe, de modo a que ele recolha as nossas queixas e lamentações no seu nada particular, no seu buraco negro privado?

O sentido é o mesmo que há em conhecer Bernardo, o suposto urso amável não tão amável assim, no momento em que os ursos-polares desaparecem do mundo todo. O mesmo que há em nevar forte em Ouro Preto no fim da primavera. O mesmo que há em morar, viver e dormir sozinho.

– Deus não precisa fazer sentido, doutor.

Que susto.

A velhinha ajoelhada a seu lado, véu transparente sobre ralos cabelos brancos, põe a mão enrugada sobre a sua e fala baixinho, mas de modo bem audível, que Deus não tem que fazer sentido.

Por que não?, ele não consegue deixar de perguntar, embora o faça tão baixinho quanto a senhora.

Porque Deus mora antes do sentido e do significado, ela responde, no mesmo tom.

Siqueira contém o impulso de se levantar e olha espantado para a velhinha, sem reconhecê-la de nenhum lugar. Ela o chamou de doutor, mas como é que ela sabe que ele é médico? De onde ela arrancou uma ideia tão complexa? E como é que ela sabia o que ele estava pensando?!?

Não sabia, mas agora sei, diz calmamente a velhinha, para duplicar o espanto do psiquiatra. Ele se sente enlouquecer, antes de perceber que acabara pensando em voz alta.

Sem tirar a mão que pousa sobre a sua, a senhora se levanta, sorri um sorriso de poucos dentes e declama outros versos, decerto de alguma outra oração – ou será da mesma que lhe veio à mente?

Quão grande és, meu Deus! Tu és tão grande,
que não és senão uma ideia que me foge.

E completa, colocando a mão sobre a cabeça do médico: meu filho, não sofra se perguntando se Deus existe ou não. Se ele não existisse, nem eu nem você nem ninguém – e com um gesto circular aponta para todos os que se encontram dentro da igreja – existiríamos de verdade.

A seguir e com insuspeita agilidade, passa por trás dele e por cima das suas pernas, já que ele continua ajoelhado, e vai embora. Desaparece em segundos, no meio da neve caindo, na cidade escura e gelada.

Siqueira continua aqui dentro, os pensamentos se embaralhando.

Permanece sentado por vários minutos, até que sente câimbra nas pernas e se levanta com dificuldade, para logo se sentar de volta no banco de madeira.

Aos poucos e devagar, as pessoas vão indo embora.

Bastante tempo depois, sem perceber quando exatamente, o psiquiatra resta sozinho dentro da igreja.

Até o padre já foi embora – mas o cão branco, não. Ele continua no altar, sentado de frente para os bancos, olhando não para o médico, mas sim para a grande porta de entrada. Siqueira segue os olhos do animal e encontra outro cão branco, talvez aquele que estava debaixo do poste.

A cidade, coberta agora pela neve branca no meio da noite escura, parece invadida por cães brancos que, todavia, não latem e não atacam ninguém. Os pensamentos de Homem continuam desarrumados, mas há certo conforto em não conseguir organizá-los. Ocorre-lhe como seria engraçado se sua mãe o pudesse ver aqui, sozinho no meio da igreja de São Francisco.

No momento em que a imagem da mãe lhe ocorre, no entanto, ele não ri. Ao contrário, começa a chorar convulsivamente, porque de repente se lembra do que estava esquecido desde a infância. Lembra-se do melhor presente que recebeu das mãos da sua mãe numa noite de Natal décadas atrás, quando era bem pequeno.

Recorda-se agora de como abraçou esse presente naquela hora e nos dias seguintes até a virada do ano, decidindo que o presente era o seu melhor amigo para sempre. Agarrou-se tanto ao novo amigo, sem largá-lo nem para dormir ou tomar banho, que depois do Ano-Novo o pai, severo, conseguiu tirá-lo dos seus braços durante o sono.

Quando acordou, o Menino, como a família o chamava, procurou desesperado por todos os cômodos. Depois de rodar a casa inteira, encontrou o pai no fundo do quintal, na frente de uma pequena fogueira sobre a terra batida. Ao perceber o que, ou melhor, quem estava sendo queimado, o menino Homem engoliu as lágrimas, para enterrá-las dentro de si mesmo o mais fundo que podia.

Desde então nunca teve amigos tão próximos, à exceção de Ramon, com quem jamais trocou confidências como esta. Também nunca teve namoradas, nenhuma. Nunca. Frequentou os dois bordéis da cidade por poucos anos, mais para mostrar aos outros que era normal. Na verdade, achava tudo aquilo qualquer coisa, menos normal. Depois, optou pelo trabalho integral na clínica e pela solidão completa na vida. Tornou-se o melhor aluno da escola até se tornar o melhor psiquiatra da cidade. Talvez seja o único psiquiatra da cidade, que não é tão grande assim, mas não importa. De toda forma, ele é o psiquiatra da cidade. Desenvolveu então o olhar gelado pelo qual se tornou conhecido, como imaginava com orgulho sem nunca dizê-lo em voz alta.

No banco da igreja, o corpo do doutor é acometido por uma sucessão de arrepios incontroláveis. Ao frio se soma a sensação avassaladora dessa ausência tão presente desde a sua infância, embora a lembrança estivesse também tão recalcada que nunca lhe ocorreu, nem nos momentos mais críticos da própria terapia.

A lembrança do urso. A lembrança do pequeno urso branco de pano, com olhos de vidro negro, que foi queimado pelo seu pai no fundo do quintal. Ele tinha até nome, o próprio Menino o batizara. Finalmente o médico sabe por que o nome do seu jovem paciente o incomoda desde o princípio desta história.

Bernardo.

Seu pequeno urso branco de pano se chamava Bernardo. Bernardo, que volta para ele, muitos anos depois, na pele de Bernardo. Bernardo, que falou para ele, por meio do eloquente discurso mudo de Bernardo, como sentiu sua falta e como se preocupa com a vida do amigo Homem neste mundo que começa a congelar.

∇

Ramon já está na clínica quando Siqueira chega. Ele acaba de contar a Úrsula o pesadelo que teve nesta noite gelada. O pesadelo é recorrente, já o incomodou muitas vezes. Ele se encontra numa sala cheia de gente dando uma aula. Começa a falar e ninguém presta atenção a suas palavras. Parece que nem as paredes o ouvem. Se o doutor Siqueira tivesse escutado o pesadelo, talvez lembrasse que o amigo sempre foi considerado um excelente professor, não havia razão objetiva para ter a insegurança que o sonho revela. O linguista, por sua vez, talvez respondesse que a objetividade não tem nada a ver com sonhos e pesadelos. Aliás, a mesma coisa vale para medos em geral.

No entanto, Siqueira não escutou a história do pesadelo de Ramon. Ele teve muita dificuldade de chegar, tal a quantidade de neve nas ruas. Veio a pé, afundando na neve alta, enquanto cães imaculadamente brancos passavam por ele a toda hora, caminhando com facilidade e deixando estranhos rastros retilíneos.

Agora são muitos, esses cães. Os outros cachorros da cidade parecem ter desaparecido, quem sabe morreram de frio. Por isso, a sensação de silêncio ensurdecedor, sem nenhum latido.

Carros e motocicletas não puderam sair de onde estavam. Veículos acidentados no começo da nevasca, alguns sobre as calçadas, também não puderam ser removidos. Muitas lojas não abriram. No caminho até a padaria da esquina, Siqueira não encontrou os habituais moradores de rua, mas imaginou que alguns deles poderiam estar soterrados debaixo da neve. Andou com medo de pisar no corpo enregelado de uma pessoa – com medo, principalmente, de pisar no corpo de uma menina magra, os olhos outrora brilhantes, ainda que de dor e de fome.

A padaria funcionava de maneira precária. Apenas o dono português, que mora no sobrado em cima do estabelecimento, pôde chegar. Foi ele quem serviu o café pingado, embora morno, mas não conseguiu esquentar na chapa o pão com manteiga do cliente habitual. Não há luz na rua desde o meio da madrugada, graças à queda de uma árvore sobre os fios. Pela mesma razão, o português não conseguiu pôr os pães de queijo no forno.

O Apocalipse se confirma na manhã em que não se pode comer um pão de queijo. Confirma-se, também, pelas notícias trazidas pelo dono da padaria. Ele escutou no radinho de pilha que a cidade do Rio de Janeiro, toda ela, a praia de Copacabana, a avenida Brasil, a rua da Carioca, os Arcos da Lapa, a floresta da Tijuca, tudo se encontra também coberto por montanhas de neve. Lá, como cá, não existem veículos para limpar a neve das ruas, o que paralisa todo o trânsito.

Havia apenas um outro cliente na padaria: aquele farmacêutico aposentado de cabelos brancos e óculos fundo de garrafa que lá atrás estava interessado no desaparecimento dos ursos-polares. Ele já não mostra a mesma empolgação com a novidade no Ártico. O velho boticário pergunta repetidas vezes: e agora?, e agora?, enquanto toma um café morno atrás do outro. Seus óculos estão embaçados, e sua fisionomia, assustada. Treme de frio sem parar. Entre o café e o e agora?, o farmacêutico pergunta olhando não para o dono da padaria, mas para o meio da rua branca: os braços do Cristo Redentor conseguem aguentar tanta neve sobre eles?

Siqueira consegue finalmente chegar à rua das Mercês, mas com esta imagem na cabeça: a da estátua do Cristo Redentor com os braços vergando sob o peso da neve.

Ao menos há luz na clínica. Seu amigo já havia chegado. Conversava com Úrsula e carregava dois livros grossos sob os braços, provavelmente dicionários da língua inuktitut. Ambos estão bem agasalhados, mas o frio que continuam sentindo mostra que eles não têm, como todos, as roupas adequadas. Faltam, por exemplo, camisetas e ceroulas térmicas.

Apesar do frio, quando Ramon o vê sorri de orelha a orelha. O médico não entende o sorriso: rindo de quê, se estamos à beira do fim do mundo?

Você não me disse o nome da sua bela enfermeira, explica o professor, ainda sorrindo. Siqueira primeiro se incomoda com o galanteio do outro, para só depois perceber do que ele fala: Úrsula também quer dizer, obviamente, ursa! Homem se arrepia e pensa: não há dúvida. De Bernardo a Bernardo, estou cercado por ursos e ursas. E parece que eles estão se aproximando cada vez mais.

O médico já constatara que alguns funcionários não conseguiram chegar, como Jesus, mas ficara aliviado com a presença da enfermeira Úrsula, seus dois casacos sobre o uniforme. Para sua consternação, porém, Úrsula lhe conta que o enfermeiro Hércules não chegou ainda nem nunca mais vai chegar. Ele passou mal durante a noite. Levado para o hospital, com muita dificuldade, pelos familiares, não resistiu e faleceu de madrugada. Hércules morava numa casa muito pobre, numa das favelas dos morros da cidade. Apesar do nome, decerto não resistiu ao frio extremo, nas condições em que vivia.

Antes que o médico consiga se recuperar da má notícia, Úrsula diz, ansiosa, que eles precisam ver o paciente Bernardo imediatamente, incluindo, sem hesitar, o linguista no corpo dos médicos.

Sem passar pelo consultório, os dois amigos sobem ao segundo andar para chegar no quarto onde Bernardo se encontra internado e trancado. Pelo vidro de observação da porta, eles o veem andando em círculos. Quer dizer, não formando um círculo apenas, mas traçando dois círculos que se encontram no meio do quarto.

Bernardo dispensou quaisquer agasalhos e cobertores e agora está sem camisa e apenas de cueca, o que pode explicar o movimento acelerado à volta do aposento. O frio não explica, porém, a maneira como ele se move.

O jovem dá voltas e mais voltas, mas sempre de quatro, como um quadrúpede. Ele não rasteja nem engatinha com os joelhos, mas se locomove realmente recorrendo às mãos nuas e aos pés descalços, o quadril levantado como o de um cão.
Como um cão, não.
Como um urso.
O médico e o professor acompanham o movimento e arregalam os olhos quando percebem que ele deixa um rastro vermelho no chão, desenhando claramente um oito deitado. Uma lemniscata!, reconhece Ramon, excitado.
Uma o quê?, pergunta o médico, irritado, incomodado menos com o conhecimento do amigo do que com sua própria ignorância.
A lemniscata, o símbolo do infinito, esclarece Úrsula, antes preocupada com aquele sangue todo no chão. A enfermeira reconhece que o rastro vermelho é feito de sangue. Ela quer abrir a porta, mas hesita, porque eles não têm cobertura de outro enfermeiro. Siqueira, no entanto, igualmente preocupado, lhe dá a autorização necessária.
No momento em que a moça destranca a porta, Bernardo interrompe seu movimento e dá um salto com as quatro patas, ou melhor, com os quatro membros, para o meio do quarto, no ponto em que os círculos de sangue se encontram. A seguir, ele se levanta calmamente, sem aparentar frio ou perturbação e também sem ameaçar os três. Ao contrário, os cumprimenta com a sua voz normal:
– Bom dia, doutor, doutora, professor...

O rapaz chama a enfermeira de doutora, confusão normal entre os pacientes de uma instituição psiquiátrica. Estranhamente, porém, ele se refere de maneira correta ao amigo de Siqueira, porque o chama de professor embora não o conheça. Todavia, nenhum dos três estranha a ocorrência, antes impressionados com o que veem ao entrar no quarto, quer no chão, quer no corpo do paciente.

O sangue pinga de diversos sinais tatuados há pouco na testa, no peito, nas costas e nos braços do rapaz. Entretanto, não poderia haver no quarto nenhum tipo de instrumento que lhe permitisse cortar assim a pele. Se Bernardo usou as próprias unhas, demonstrou ou um autocontrole absurdo ou uma indiferença radical à dor, indiferença esta que faria parte do seu quadro psicótico. Ainda assim, como ele conseguiria marcar tão nitidamente as próprias costas?

Os ferimentos cicatrizam rapidamente, por causa da baixa temperatura. O sangue coagula na pele e no chão em que pisam.

Ramon abre um caderno e copia os sinais tatuados no corpo do rapaz.

Na testa, apenas um pequeno traço: –

Nos braços, dois sinais gêmeos e espelhados: ᴖ e ᴗ.

No peito, duas estranhas letras: ꕯᵇ. Talvez "gb"?

Nas costas, um caractere matemático com um ponto na parte mais alta: $\dot{<}$.

Terminada a sua cópia, o linguista se senta no chão para manipular os grossos volumes que traz consigo, abrindo-os e folheando-os um depois do outro.

Sem perceber, o médico e a enfermeira dão um pequeno passo para ficarem em pé atrás de Ramon, procurando saber o que ele procura. Ambos levam um pequeno susto quando o jovem quase despido, e sem sentir o menor frio ou demonstrar o mínimo incômodo com os ferimentos no corpo, se coloca ao lado deles. Ele olha, igualmente curioso, para os livros abertos do professor.

Siqueira pensa que deveria tirar o casaco para cobrir o rapaz, mas demora a agir porque continua sentindo muito frio. Antes que possa fazer o que pensa, é sua funcionária quem tira o seu próprio casaco para pôr nas costas de Bernardo. No entanto, o paciente recusa a gentileza, retrucando de maneira estranhamente sincopada:

– Não. Sabe. Eu, não, frio. Você, frio. Cada vez mais. Precisa casaco. Cada vez mais.

O médico e a enfermeira sentem um arrepio percorrer sua espinha, sem saber se devido ao frio intenso, à maneira de falar de Bernardo ou ao que parece uma previsão assustadora: cada vez mais Úrsula e todos eles precisarão de agasalho.

Já o professor Ramon nem escuta, sentado no chão e ocupado em decifrar os sinais que copiou no caderno. Finalmente solta um anacrônico "eureka!" enquanto fecha com força um dos livros no colo.

Levanta-se dizendo "merda!", porém, porque perdeu a página em que encontrara a solução do mistério. De pé, procura novamente, ansioso. Depois de alguns minutos de apreensão de todos, à exceção de Bernardo, que sorri relaxado, com a mão direita no ombro esquerdo e o braço esquerdo solto ao longo do corpo, o linguista reencontra a página perdida. Finalmente pode explicar que na verdade o jovem arauto, como o chama, tatuou no seu corpo apenas uma palavra.

Que palavra?, em que língua?, perguntam em coro Siqueira e Úrsula.

Na língua inuktitut, é óbvio, responde o linguista, e aponta para o livro onde se vê, ou melhor, se lê:

– ᓇᓄᖅᐸ

Os dois se voltam para Bernardo e conferem os sinais, percebendo que eles de fato podem compor esta palavra, se isso é uma palavra. Mas o que isso quer dizer?, pergunta Siqueira.

– Nanook.

Quem responde, para surpresa dos dois homens, é Úrsula.

Quando os três se voltam para ela, Homem e Ramon de boca aberta, Bernardo abrindo bem o sorriso, ela diz: ora, só pode ser Nanook.

O professor concorda, impressionado: é isso! Acrescenta que a palavra-imagem é uma variante de – ᓇᓄᖅ, que significa *nanuk*, isto é, urso-polar. Para grafarem o correspondente ao Deus-urso-polar, ou ao Deus dos ursos-polares, os inuit acrescentam o caractere ᐸ .

Reparem, pede Ramon. A língua do povo inuit é aglutinante, agrupando pedaços de tal modo que a palavra formada funciona como um pensamento completo instaurado no aqui e no agora.

Não é mais hora daquela aula!, reclama Siqueira com veemência, nervoso com o paciente praticamente nu do seu lado. Antes, me explica por que o garoto escreveu isso na pele com o próprio sangue.

Úrsula e Bernardo trocam olhares cúmplices, rindo por dentro da perturbação do chefe, digamos assim. A enfermeira aproveita o segundo seguinte para relancear os olhos no corpo marcado, mas bem-definido do jovem, que de fato permanece calmo e relaxado a seu lado. Ao fazê-lo, aperta os olhos, como se percebesse algo com que ainda não havia atinado.

É o que estou tentando fazer, responde Ramon, com toda a paciência, ao médico. E continua: temos de nos colocar na forma de pensar das línguas aglutinantes se quisermos entender alguma coisa do que está acontecendo neste quarto e no mundo. A realidade revelada por línguas aglutinantes como a dos inuit, empolga-se Ramon, se mostra para nós puro caos, sim, mas para eles se revela significado puro!

E o que significam esses sinais na pele desse garoto? Como ele conseguiu se cortar todo até nas costas e agora está aqui sorrindo para a gente?, pergunta novamente o psiquiatra, ligeiramente nervoso.

É o que tento te explicar, Homem, fala o professor, chamando o amigo pelo primeiro nome. Veja, o caractere ᐊ , acrescido à palavra "inuit", para o urso-polar, forma um ângulo de duas retas voltadas para fora e acentuado por um ponto solto no ar, marcando a noção da divindade acima das palavras, portanto, das ideias.

Sim, mestre, ironiza o médico, mas você consegue saber por que o garoto se cortou todo para escrever "Nanook" no próprio corpo? Eu não, responde o linguista, mostrando algum espanto. Este não é o seu trabalho?, pergunta.

Siqueira abre a boca para devolver um palavrão mas muda de ideia e fecha a boca, voltando-se para Bernardo, para quem pergunta: você pode me dizer como se cortou e por que escreveu a palavra Nanook na pele?

Bernardo dá dois passos para trás e passa os dedos indicadores das duas mãos por cima de cada caractere do termo que escreveu. Ele faz isso inclusive nas costas, contorcendo-se sem aparentar dificuldade, enquanto Úrsula segue seus movimentos com toda a atenção. O rapaz repete os gestos algumas vezes, deixando Siqueira a ponto de explodir de suspense e tensão. No momento em que o médico respira fundo, para se controlar, Bernardo se volta para ele e finalmente responde:

– Nanook é quem escreve Nanook. Sangue, Nanook. Sangue e Nanook, de dentro. Porque. Nanook vem. Perto. Chega.

Siqueira dá início a um gesto de enfado com a mão, cansado desse tatibitate e das respostas que nada respondem, mas a enfermeira o interrompe dizendo ele está certo.

Certo como?, se espanta o psiquiatra, vocês estão me dizendo que foi Nanook, seja lá quem for, que desceu a este quarto para tatuar sinais inuit na pele do garoto?

Não, não, doutor, responde Úrsula, estou dizendo que as feridas no corpo dele são todas de dentro para fora. Veja como ficou a pele. Veja como o sangue coagula.

Os anos de clínica geral vêm rápido à mente de Siqueira. Ele se esquece do medo e se aproxima para olhar os caracteres marcados no corpo de Bernardo. Logo concorda, boquiaberto, com a sua auxiliar. Na testa, no peito, nos braços e nas costas do paciente, as feridas caracterizam-se não como cortes de algum instrumento mais ou menos afiado, mas como extensas e regulares erupções que vêm de baixo da pele. De algum jeito o próprio corpo de Bernardo escreveu, ou melhor, *excreveu*, se posso falar assim, uma palavra em idioma inuit de dentro para fora, como se fosse um processo somático consciente do que fazia e dizia.

Isso é um absurdo, recorre o médico a seu ceticismo íntimo, mas logo hesita – porque aquilo é tão absurdo quanto tudo o que está acontecendo ou ainda... ou ainda absurdo como os estigmas medievais: as cinco chagas de Jesus Cristo, uma delas ou todas juntas, que apareciam do nada na pele dos crentes mais fanáticos, como se o próprio crucificado assim se revelasse novamente.

Siqueira se volta para contar ao amigo e à enfermeira o que pensou sobre os estigmas, mas antes seu olhar esbarra nos olhos de Bernardo. O que vê lhe provoca mais um susto, um susto tão forte que o atinge no fundo da alma. Os olhos do rapaz deixam de ser verdes e se tornam por um instante negros, mas negros sem pupila. A transformação dura alguns longos segundos. Depois desse tempo voltam ao normal, mas o psiquiatra sente que encarou, pela primeira vez na vida, dois abismos gêmeos, que resolveram encará-lo de volta.

Tonto, em ato reflexo, Siqueira estende as mãos para segurar os braços de Úrsula e Ramon, cada um de um lado. A enfermeira e o amigo fazem um movimento igual, obrigando todas as mãos a se atrapalharem no ar. Os três perdem a respiração enquanto se entreolham e percebem num átimo, sem dizer nada, que acabam de encarar o mesmo abismo negro e duplo.

⇖

Úrsula insiste em permanecer no quarto para cuidar das feridas no corpo do paciente. Siqueira e Ramon, desorientados, não discutem e os deixam.

Os amigos andam na direção do consultório para conversarem sobre a situação, se puderem. Ramon pergunta se o outro conhece a expressão "horizonte de eventos".

Siqueira, acostumando-se com as viagens do professor, diz que já ouviu falar, mas não sabe o que significa – tem algo a ver com física ou ficção científica?, pergunta.

Sim e sim, responde Ramon, para retrucar porém que estão vivendo não um horizonte de eventos, no fim do universo, mas sim um perigoso "excesso de eventos", prenúncio de outro tipo de fim: aquele que chega para nós mais rápido do que podemos acompanhar ou do que alguém possa contar.

Ele está falando comigo? Antes que eu possa lhe perguntar isso, eles se deparam no corredor com Jesus, que enfim conseguiu chegar. O médico respira aliviado ao ver que o funcionário não teve destino igual ao do outro. Jesus, porém, passa por eles como se não os visse, andando enquanto murmura o que deve ser uma longa prece. O médico o chama para perguntar se ele está bem. Jesus se volta e não responde diretamente. Diz que passou a noite na igreja, rezando com as pessoas.

Você tam...?, quase pergunta Siqueira, mas a tempo prefere questionar se não era ele quem se orgulhava de nunca ter entrado numa igreja nesta cidade de tantas igrejas.

Jesus não responde novamente. Prefere segurar os braços do patrão e falar, assustado: doutor, o senhor precisa se preparar.

Preparar para o quê?, pergunta Ramon, entrando na conversa.

Os sinais, responde Jesus, e repete: os sinais, os sinais.

Enquanto o empregado lhes dá as costas para retomar a sua prece murmurada, os dois amigos deduzem que ele se refere a algo como os sinais do Apocalipse. Em outra situação conteriam o riso para se divertirem depois, mas agora não sentem nenhuma vontade de rir. Os acontecimentos ao redor deles já são suficientemente estranhos. Há sinais de sobra sugerindo fenômenos trágicos, inclusive no corpo de Bernardo.

Antes de chegarem ao consultório, as três filhas do outro interno, o senhor com Alzheimer, bloqueiam o caminho para pedirem conselho e ajuda ao doutor Siqueira. No meio delas se encontra Bruma, a mãe de Bernardo. Dois rapazes a acompanham.

Siqueira não tem dúvida de que os dois rapazes são Bruno e Arthur. A semelhança deles com o irmão é impressionante. Ambos são altos. Os olhos, verdes. Num segundo, escurecem, no outro, voltam à cor normal. O mesmo olhar oscilante, ora penetrante, ora viajando.

Enquanto Arthur é mais carinhoso com a mãe, Bruno se mostra mais preocupado com o irmão mais novo, fazendo logo várias perguntas ao médico sobre doenças e tratamentos.

As três irmãs, no entanto, não deixam que eles conversem muito. Elas estão ansiosas para saber o que devem fazer hoje. Ficar junto com seu pai, ainda que ele não as reconheça mais? Levá-lo para casa? Mas como esquentá-lo neste frio todo?

Como se surgisse do nada, o paciente aparece no meio das filhas. Talvez esteja num momento de lucidez. Falante, traz novas informações, dividindo-as com Siqueira e Ramon. Conta que há notícia de milhares de mortes no Brasil e no mundo, ou por causa do frio extremo e imprevisto ou por conta de acidentes nas ruas e estradas cobertas de neve. Mas o pior, destaca o senhor, tremendo muito por conta da doença, do frio e do medo, é que as pessoas começam a ver ursos no céu.

Como assim?, perguntam em uníssono os dois amigos. Novamente, eles gostariam de rir, mas não sentem nenhuma vontade de fazê-lo. Também gostariam de não levar em conta as informações do pai das três mulheres de Araxá, pondo-as na conta do delírio. Entretanto, os delírios têm se materializado à volta deles com demasiada frequência.

O homem responde um pouco aos arrancos, como Bernardo:

– Ursos. No céu. Ursos de nuvens. Se formam, se desfazem, se formam de novo. Os relatos, muitos relatos. Em todos os continentes, as pessoas veem ursos no céu. Os ursos se espalham pelo céu do mundo todo.

O professor tenta explicar que é fácil ver o que se quer ver nas nuvens, a gente completa a imagem mais ou menos informe para lhe atribuir uma forma.

O senhor Alzheimer, Siqueira esqueceu o nome dele e eu também me esqueci de apresentá-lo, então fica "senhor Alzheimer" mesmo, bem, ele lhes pede educadamente para botarem o rosto fora da clínica por um instante e olharem para cima.

Reticentes por causa do frio, ambos não sabem como recusar e acabam fazendo o que o idoso paciente lhes pede. As outras pessoas acompanham o grupo e todos saem para olhar o céu. No movimento já se surpreendem um pouco, porque parou de nevar e o tempo parece mais claro.

Abrem a porta de vidro da entrada e dão dois passos para fora.

O professor não sabe o que falar.

O médico não sabe o que dizer.

Ninguém sabe o que pensar.

A primeira surpresa está sobre a neve da rua das Mercês: dez, vinte, talvez mais do que trinta impressionantes cães brancos, branquíssimos. Os cães olham calmamente para cima. Onde podem ver a segunda surpresa, que não os estarrece menos por ter sido anunciada pelo senhor Alzheimer.

No ar, as nuvens brancas, carregadas, pesadas, formam inequívocos ursos-polares, gigantescos e completos. Cabeça, tronco, membros, tudo. Há filhotes e adultos, fêmeas e machos, e muitos.

As nuvens se movimentam devagar. Algumas daquelas esculturas de ar e água se desfazem mas se refazem adiante, em novas formas, mas sempre, e inequivocamente, de ursos-polares. É como se os animais desaparecidos aparecessem de repente no céu de Ouro Preto.

As pessoas quase esquecem o frio, olhando para baixo, fascinadas com tantos cães brancos sobre a neve branca, e depois olhando para cima para acompanhar as nuvens-ursos, mas logo lhes doem rosto, lábios e orelhas. Ninguém está acostumado a essa temperatura, a maioria nunca sentiu tanto frio.

De relance, o psiquiatra percebe que Bruno e Arthur, como Bernardo, não tremem, como se também não sentissem a temperatura.

Todos entram novamente na clínica, sem saber o que dizer nem o que sentir.

Você também viu os cães brancos?, de que raça eles são?, como apareceram tantos assim?, Siqueira pergunta a Ramon intimamente contente de que os animais não fossem apenas alucinação sua.

Não são cães, responde Ramon.

Como não?, então o quê..., quer perguntar o psiquiatra, com medo de que o amigo o convença de que são alucinações, sim, ainda que coletivas, já que ele claramente viu que todos perceberam os cães brancos sobre a neve da rua.

Não são cães, explica Ramon: são lobos. Lobos brancos. Lobos do Ártico.

Lobos?, Homem, que nunca vira lobos brancos nem em fotografia, ao mesmo tempo se espanta e se tranquiliza, ao constatar que não alucina. Lobos do Ártico, aqui, no Brasil?, pergunta.

Esse frio, essa neve, esses lobos, tudo é polar. Tudo vem do Polo Norte, isto é, do Ártico, completa o professor. Como você sabe?, quer questionar, mas antes se pergunta se as nuvens sobre a cidade, tão baixas, nesta forma, se elas também são nuvens polares. Todas lhes parecem tão bonitas, afinal são apenas nuvens, mas, se nada é o que parece ser, então as nuvens-ursos podem ser ursos-nuvens, isto é, eles ou elas, sabe-se lá, podem descer à terra junto com a neve para...

... fazer o quê?

Atacá-los, com a ajuda dos lobos brancos? Dominá-los? Exterminá-los, ou melhor, extingui-los? Tomarem o seu lugar e dominarem o planeta?

Alguém segura o braço do doutor Homem Siqueira. É a Dona Bruma. Uma lágrima escorre pelo seu rosto. Com humildade inusitada, ela pede: por favor, posso ver o meu filho?

Sem saber como entender ou enfrentar os lobos na neve e os ursos no céu, o psiquiatra pensa que não há outra coisa a fazer e concorda, com a mesma humildade.

O médico, o professor, a mãe e seus dois filhos andam de volta para o quarto da fúria. O senhor Alzheimer e as suas três filhas permanecem no hall, conversando e se abraçando. Elas precisam aproveitar aquele momento de lucidez em que o pai volta a reconhecê-las. Pode ser o último – tanto para elas quanto para nós.

No caminho para o quarto de Bernardo, Ramon se apresenta para Bruma. Apesar de tudo, ele se sente contente de encontrar uma mulher que tem o nome mais perfeito que uma mulher poderia ter.

Quando chegam perto do quarto, se espantam: a porta, aberta.

O espanto dobra quando percebem que Bernardo não fugiu. Na verdade ele está sentado no chão, no canto do quarto, amparando Úrsula, praticamente deitada no seu colo. A enfermeira chora, se treme toda, a cabeça de lado, apoiada na perna nua do rapaz, que passa a mão carinhosamente nos seus cabelos.

Siqueira dá um passo à frente e começa a perguntar com raiva, o que você fez com...

... mas Ramon segura seu braço e, em silêncio, mostra que ele não a agrediu, antes a conforta.

O psiquiatra engole a reação, confuso, e se abaixa para levantar a moça do chão. Bernardo os ajuda, apoiando-a delicadamente. Úrsula se deixa levantar e sustentar, ainda chorando e tremendo.

Siqueira a leva para o corredor e pede ajuda. Jesus é quem aparece, para apoiar a enfermeira e levá-la para o consultório. O médico o orienta quanto a onde encontrar um calmante e um copo de água.

De volta ao quarto, vê que dona Bruma se sentou no chão, em frente ao filho. Bruno se senta do seu lado direito, e Arthur, do seu lado esquerdo. Os três irmãos estão emocionados, mas parecem se conter. Do rosto da mãe deles, ao contrário, continuam a escorrer lágrimas.

Sem cerimônia, o professor põe a mão no ombro da mãe de Bernardo, quer para confortá-la, quer para se sentar do seu lado direito, em frente a Arthur. Siqueira então se senta do outro lado, em frente a Bruno. Juntos, eles cruzam as pernas. Começam a conversar como se fossem amigos de longa data, o que não seria correto se a situação toda já não estivesse tão estranha.

O que aconteceu com ela?, pergunta Ramon.

Ela começou a passar um remédio nas letras da minha pele, responde Bernardo. No momento em que passava nas minhas costas, Nanook falou com ela.

Sabendo que nada mais é impossível ou absurdo, o psiquiatra pergunta, entre a curiosidade e o medo: como?, como Nanook falou com ela?

No entanto, o que ele quer realmente saber é o que o deus Nanook falou com Úrsula através da pele de Bernardo. Todas as suas convicções científicas encontram-se abaladas pelos ursos-polares nas nuvens do céu e pelos lobos do Ártico nas ruas e na neve de Ouro Preto. O ceticismo, que lhe emprestou dignidade e postura por toda a vida, agora falha miseravelmente. Entretanto, ele ainda quer saber como Nanook falou e o que Nanook disse, embora suspeite de que seja algo que não se possa saber.

Bernardo explica que Nanook falou por meio da boca dele próprio, Bernardo, e por isso não pôde escutá-lo. Enquanto meus lábios e minha língua se mexiam, eu só conseguia distinguir um longo e belo uivo de animal. Um animal ferido, triste e muito magoado, completa.

Mas a moça não lhe disse nada?, pergunta sua mãe, com lágrimas despencando pela face.

O filho responde: eu vou morrer. Antes que a mãe se desespere, porém, esclarece que foi Úrsula, não ele, quem disse: eu vou morrer. Mas completa: ela disse também que nós todos vamos morrer.

Vamos morrer por quê, de quê?, pergunta Ramon.

De frio.

De medo.

E de vergonha.

É o que Bernardo, o jovem e amável urso humano, responde.

Bernardo levanta os braços e puxa a mãe para o seu colo, deitando-a na mesma posição em que Úrsula estava. Bruno e Arthur se achegam e abraçam tanto o irmão quanto a mãe. Os três não se contêm mais e choram com dona Bruma. Eles formam um montinho sentado no chão até que Bruno, o filho mais velho, levanta a cabeça e abre a boca para emitir uma impressionante mistura de uivo e urro.

Em volume mais alto, Arthur, o filho do meio, o acompanha segundos depois, fazendo com que o doutor Homem e o professor Ramon se movam um pouco para trás, assustados. A mãe não levanta a cabeça do colo do filho mais novo, mas suas mãos tensas apertam os braços, apavorada.

Passa-se quase um minuto naquele dueto dos dois irmãos até que chega a vez de Bernardo levantar a sua cabeça para, numa voz ainda muitíssimo mais alta, como a de um animal imensamente grande, soltar o seu uivo-urro. Os três juntos urram, e ao mesmo tempo uivam, como se tivessem o fôlego de cem, que digo eu, de mil animais, abalando as paredes não apenas da clínica, mas também de todas as casas e igrejas de Ouro Preto.

Ainda sentados no chão e aterrorizados, Ramon e Siqueira se dão as mãos como se eles é que fossem irmãos, quiçá gêmeos.

Depois do que parece uma eternidade, os três silenciam e encostam os rostos, unidos, deixando suas mãos sobre a cabeça da mãe no colo do caçula.

O professor e o médico se levantam mas logo se desequilibram, precisando se apoiar um no outro e na parede para não caírem. Eles sentem que o prédio e o planeta oscilam e balançam, como se o longo grito que acabaram de escutar tivesse deslocado seu centro de gravidade. Ou como se tivessem caído dentro do vórtice de Turner.

Aos poucos, o mundo para de rodar e eles se aprumam. Bernardo continua sentado no chão, abraçado com a família.

O doutor Siqueira reconhece que a sua profissão não faz mais sentido. Não existem mais desmemoriados, esquizofrênicos, autistas, psicóticos ou deprimidos, só existem pessoas com frio. Só existem pessoas com muito frio.

O professor Ramon também reconhece que a sua profissão não faz mais sentido algum. Não há mais lugar no mundo para quem gosta de fazer perguntas. Há espaço apenas para o espanto e para o gelo.

Ambos saem do quarto sem se preocuparem em fechar a porta. Não há mais loucos, talvez porque todos nós tenhamos nos tornado loucos. Provavelmente, este fenômeno se sucedeu não agora, nesta imensa onda de frio, mas muito antes.

Quando nos tornamos todos autistas, mas não aprendemos a fazer poesia.

Quando passamos a duvidar, mas para acabar com todas as dúvidas.

Quando bombardeamos as crianças com perguntas, mas não as ensinamos a perguntar.

Quando, *tristes sapiens*, inventamos a ciência que quer saber tudo para controlar tudo.

Quando crescemos sem parar, esgotando as vidas do espaço que nos coube.

Quando achamos que viramos deuses.

É isso o que quer dizer o grito dos três irmãos.

Ainda tontos com o que finalmente entendem, Ramon e Siqueira chegam no hall da clínica e encontram as três irmãs e seu pai, todos muito assustados, ao lado de Jesus e Úrsula. Eles se abraçam com força, tanto o frio que sentem, enquanto Jesus tampa os ouvidos com as mãos. Úrsula, mais calma, apenas chora.

O senhor Alzheimer lhes revela, tremendo, que a temperatura baixou a treze graus centígrados. Negativos. Se aqui o frio é de treze graus negativos, qual será a temperatura em Iqaluit ou Pond Inlet, no Ártico canadense? Sessenta, setenta graus centígrados negativos? Mesmo os inuit conseguiriam sobreviver a essa temperatura?

A televisão nova, na parede, transmite apenas estática e chiado. O pai das três mulheres de Araxá lhes diz que rádios e televisões saíram do ar há pouco. Tudo isto não acontece apenas na cidade. Faz parte de um fenômeno nacional, na verdade, de um fenômeno mundial.

Eles não podem saber, mas todos os oceanos estão congelando até bem próximo da linha do Equador. Milhares de embarcações, de transatlânticos a escunas pesqueiras começam a ficar presos no mar, porque suas proas não têm como quebrar o gelo que se forma à volta. Dezenas de aviões caíram pelo mundo todo, como se suas asas se tivessem congelado ou como se perdessem o norte. Multidões morrem de frio, antes de morrerem de fome e de sede. Os transportes param em todas as estradas, avenidas e ruas deste país, como em todos os outros. É provável que logo o abastecimento de víveres e combustível também se interrompa. O fornecimento de energia elétrica será igualmente prejudicado, se já não o estiver, em especial nos lugares mais frios, aqueles que mais precisam de energia para aquecer as pessoas.

Aqui, por exemplo. A luz cai. Talvez fosse mais correto dizer que a luz despenca.

Assim como a água congela. Nos oceanos. Nos rios. Nas cachoeiras. Nos reservatórios. Nos canos das casas e dos prédios.

No entanto, talvez haja alguma esperança. Porque o céu fica azul. Inteiramente azul. Não há mais nuvens no formato de ursos. Não há mais nuvens de qualquer formato.

O silêncio, congelado por igual. É o que todos sentem quando começam a escutar os próprios pensamentos. Não há energia, não há vento, não há motores, não há palavras. Apenas o frio e o medo.

Dona Bruma e seus três filhos descem para o hall de entrada. Bernardo vestiu calças largas de pano. Mas permanece com o tronco nu e descalço, sem parecer se incomodar.

O doutor e o professor abrem a porta de vidro e saem da clínica. Os outros os seguem. Eles põem os pés gelados na rua das Mercês e voltam os olhos para o céu azul. Bernardo pisa na neve e sorri como se andasse na areia da praia.

O frio, ainda mais intenso. Não esperam encontrar outras pessoas na rua, apenas os lobos brancos. No entanto, começam a surgir, subindo a ladeira, algumas poucas meninas mal-agasalhadas, quase maltrapilhas. Talvez elas não tenham pais, eles não as deixariam sair sozinhas para o meio do frio extremo e dos lobos. As meninas andam aos pares, abraçadas uma na outra para se protegerem do frio.

O doutor Homem procura entre elas, sôfrego, duas meninas: aquela que segurava a barra do paletó do pregador, os olhos brilhantes de fome e de dor, e aquela outra, que acendia fósforos para se esquentar.

Não as encontra. O coração se aperta de novo dentro do peito.

Apesar deste tempo e dos trajes tão pobres, porém, a face dessas meninas se mostra não brilhante, mas radiante: por ver neve, por ver lobos e porque imaginam que ainda há maravilhas inimagináveis para se ver.

Algo se move no meio das crianças e nos chama a atenção. A neve parece se mover de leve, apesar de não haver vento. A neve parece respirar aqui, ali, acolá. A neve parece olhar e piscar para as meninas e para nós.

Não é a neve.

Pequenos cães?

Não.

Pequenas maravilhas vivas.

São raposas inteiramente brancas, na proporção de uma por criança.

Raposas do Ártico, explica Bruno, o irmão mais velho de Bernardo.

A raposa do Ártico, repete Ramon, claro. Ou a *uqalik*. Ela precisava mesmo aparecer agora.

Como assim?, quer perguntar Siqueira, mas sua voz congela na garganta.

Bruno e Arthur abraçam dona Bruma, cada um de um lado, enquanto Bernardo, o caçula, anda à frente como se fosse o primogênito, ou então o próprio patriarca. Os olhos verdes dos três irmãos brilham fortemente, a ponto de se refletirem nos olhinhos das raposas brancas.

O enfermeiro Jesus rompe o silêncio e o gelo, gritando de repente para o céu, meio com devoção, meio com raiva:

– Pai!, me explica o que está acontecendo!

Homem e Ramon sentem-se transportados para os primeiros tempos bíblicos, quando Deus falava com os homens e os homens falavam com Deus. Por isso, os dois e os demais não hesitam em seguir Jesus quando ele sobe a rua, como se esperassem que Deus em pessoa ou em névoa respondesse ao enfermeiro bronco que leva o nome do seu filho crucificado.

O restaurante, fechado. As barracas da feira de artesanato estão vazias. As lojas em frente, fechadas. Tremendo e quase que se arrastando sobre a neve densa, o enfermeiro passa por entre as crianças, as raposas e os lobos brancos para contornar as grades do pátio frontal da igreja de São Francisco de Assis, subir os primeiros degraus e se dirigir ao portal de entrada.

Atrás dele, porém, Bernardo se adianta e para no portal, abrindo os braços para impedir que os outros sigam Jesus. Ele deve entrar sozinho na igreja. Entretanto, não completamente sozinho: quatro lobos brancos o seguem.

Sempre com os braços abertos em cruz, Bernardo passa então a caminhar para trás, seguido pelos pequenos animais da neve. Com o seu movimento, Bernardo nos empurra na mesma direção até pararmos no meio do largo do Coimbra, os olhos voltados para a frente da igreja.

O azul do céu escurece aos poucos. Continua sem nuvens, continua azul, mas escurecendo. Não é que anoiteça, se estamos no meio do dia. O fenômeno é outro, jamais presenciado. Apenas o céu escurece, sem que haja quaisquer nuvens. Ninguém consegue comentar ou falar qualquer coisa, por causa do frio e do medo do que nos espera.

Jesus desapareceu dentro da nave da igreja, junto com os lobos brancos.

Ao longe, escuto guinchos de algum pássaro. Os guinchos se aproximam. Uma ave grande voa sobre nós e pousa numa das torres da igreja, na abertura que nos permite ver um grande sino de bronze. A ave também é branca, com plumagem um pouco mais escura nas asas.

Uma coruja da neve, explica Bruno.

Uma coruja do Ártico, corrige Arthur.

Coruja do Ártico ou coruja da neve?, quer perguntar Siqueira, mas sua voz continua congelada na garganta.

Ainda assim, o irmão de Bernardo explica, tanto para o psiquiatra quanto para os outros: essas aves são chamadas ou de corujas-do-Ártico ou de corujas-da-neve. Ou ainda de corujas-do-Harry-Potter, complementa o professor Ramon, tentando fazer uma piada metaficcional.

Infelizmente, a piada não funciona. Ninguém tem condições de rir de nada, tal o espanto e tanta a tensão.

— PAI!!!

De repente e de novo, o grito. Altíssimo. Assustadíssimo. É Jesus, de dentro da igreja.

Ao mesmo tempo, algo treme.

A neve. O chão. A igreja. O portal de madeira. Por onde passa Jesus, de costas.

Andando de costas. Desce os dois degraus da entrada, sempre de costas, mas mantendo os braços à frente, como se implorasse.

Piedade.

Perdão, quem sabe.

Continua a andar de costas, atravessando a neve por sobre as pedras do pátio, na direção do nosso grupo. Os quatro lobos brancos saem depois dele, mas caminhando calmamente, de frente para o largo. Mais três lobos, maiores ainda, também saem da igreja, como se estivessem ali desde sempre, ou como se os animais bíblicos dos quadros sacros tivessem ganhado vida.

A neve, o chão, a igreja, o portal, a cidade, tudo.

Tudo treme.

Como se fosse um pequeno terremoto, daqueles que a região já sofreu algumas poucas vezes.

Acompanhando o tremor, ou quem sabe o provocando, grandes sombras brancas começam a emergir de dentro da nave da igreja para fora. Elas aparecem antes que Jesus consiga chegar até os amigos assustados.

A esta altura, ninguém se espanta mais com o que deveria ser absolutamente espantoso.

As sombras brancas são magníficos ursos-polares.

Vivos.
Enormes.
Em Ouro Preto.
No Brasil.
Um.
Dois.
Três.
Seis.
Dezesseis ursos.
Muitos mais, que não param de sair de dentro da igreja, como se o templo dedicado a São Francisco de Assis se transformasse numa cornucópia de ursos-brancos.

Machos imensos e fêmeas imponentes, com muitos filhotes de todos os tamanhos, dos muito fofos aos que já amedrontam um pouco. Eles andam devagar, pata ante pata, movendo o longo pescoço para um lado e para o outro e levantando o focinho para o ar, curiosos e calmos. Espalham-se pelo pátio, pelo largo e pelas ruas em volta, abaixo e acima. As raposas do Ártico os acompanham, andando bem mais rápido para se desviarem das patas. Junto com as pequenas raposas brancas, as meninas maltrapilhas e fascinadas se aproximam, sem nenhum medo. O contraste entre o tamanho e o movimento dos três grupos compõe uma dança estranha e hipnotizante.

Os lobos do Ártico sobem nas calçadas escondidas pela neve, formando uma espécie de moldura branca de um quadro de múltiplas imagens, mas todas igualmente brancas.

Os ursos-polares não demonstram fome ou agressividade. Ao contrário, se mostram seguros e plácidos, como se a montanha e a cidade já fossem deles. Ou como se chegassem em casa, pensa o doutor Homem, assustado. Na verdade, muito assustado. Logo cercam o grupo e, com seus pequenos olhos de abismo negro, nos encaram de perto. Os animais adultos, postados nas quatro patas, são ainda mais altos do que a pessoa mais alta do grupo, que é o próprio Bernardo. A situação é tão inusitada que, apesar do medo, todos sentem uma ponta de vontade de tocar com a mão nua o pelo branco dos bichos. Quando percebemos, as crianças já estão fazendo isto, sem que os ursos pareçam se incomodar.

Junto com as meninas, dona Bruma, surpreendendo inclusive os seus filhos, também se aproxima para pôr a mão no meio dos pelos de um dos maiores ursos-polares. A mulher, qualificada no começo dessa história como a--mãe-que-enlouquece-o-filho, se mostra mais corajosa do que todos os outros. Bernardo, Arthur e Bruno sorriem de orelha a orelha, orgulhosos.

Quarenta.

Cinquenta.

Setenta e sete ursos saem da igreja e se espalham pela cidade, até o professor Ramon perder a conta. Incontáveis ursos-polares nos cercam na rua. Não vemos, mas, de algum modo, sabemos. Os magníficos ursos-brancos tomam todas as ruas de Ouro Preto. As praias nevadas do

Rio de Janeiro. Os corredores subterrâneos de Toronto. As largas avenidas de Buenos Aires. As ruas sinuosas de Edimburgo. De onde vieram esses ursos? Do Polo Norte? Das nuvens? A igreja liga os diversos mundos do mundo. Tudo volta a tremer, dessa vez mais forte ainda. A neve, o chão, a igreja, o portal. A cidade. Tudo treme. Como se agora acontecesse um terremoto de grandes proporções, daqueles que nunca houve na região e no Brasil. O grande tremor sucede à grande nevasca, algo que também nunca haviam sofrido.

Ainda caminhando de costas no meio dos muitos ursos, ainda de braços abertos como se pudesse se proteger deles, Jesus chega onde estamos, equilibrando-se sobre a neve para não cair.

Bernardo o segura, interrompe sua caminhada e abaixa seus braços. Delicado, entrega-o nas mãos de Siqueira, que o abraça sem sentir e como se fosse o filho que nunca teve, embora o enfermeiro seja bem mais velho do que ele. Jesus se deixa abraçar pelo Homem, chorando.

O jovem Bernardo avança dois passos à frente, com seus pés descalços. Como Jesus, levanta e abre os braços, mas com as mãos abertas para cima, relaxadas. Não ora nem implora. Antes, se prepara para receber.

O tremor se intensifica mais ainda.

Ramon é o primeiro a perceber que as paredes da igreja já mostram largas rachaduras. A Cruz de Lorena, no centro e ao alto, se quebra e despenca na frente do portal, partindo-se em muitos pedaços. A rachadura na torre da esquerda, onde se empoleira a coruja do Ártico, aumenta e ameaça toda a estrutura.

Agora outra sombra branca, mas muito maior, ameaça sair de dentro da nave da igreja. Gigantesca, é quase tão alta quanto o portal. Ela começa a sair, derrubando as enormes portas de madeira e os ornamentos à volta. Cada passada da criatura faz tremer e rachar mais ainda toda a igreja, com certeza toda a cidade, talvez todo o planeta.

Uma nova rachadura toma de cima a baixo a torre da direita, gerando badaladas desesperadas do sino. A torre da esquerda, por sua vez, começa a ruir, derrubando consigo o sino de bronze que estava lá em cima há pelo menos dois séculos. Ele tomba mudo na neve, sem rolar, junto com pedaços das paredes do templo.

A coruja da neve voa, planando de asas abertas sobre o largo do Coimbra. Majestosa, ela desenha no céu círculos, espirais e símbolos do infinito. As lemniscatas, sussurra para si próprio o professor Ramon, fascinado.

Sobre as quatro patas, a gigantesca sombra branca tem cerca de três metros de altura por uns três de largura. De pé, deve atingir uns seis a sete metros. A sombra é um urso-polar, sim, mas imensamente maior do que qualquer outro de sua espécie.

O urso gigante sai de vez da igreja, deixando-a em ruínas atrás de si.

O senhor Alzheimer, abraçado pelas três filhas, começa a chorar enquanto sorri de orelha a orelha. Não, ele não está louco. Ou, então, todos nós estamos.

A torre da direita também desmorona, jogando sobre as pedras o outro sino de bronze, que soa, magoado, pela última vez. Toda a frente do templo se desfaz em pedaços, deixando expostos ao fundo o púlpito e o altar.

O urso gigante caminha devagar sobre o pátio e sobre o largo, na direção de Bernardo e seus companheiros. Os demais ursos, ursas e filhotes calmamente abrem espaço para ele passar. As raposas se afastam das suas patas enormes, mas só um pouco, para acompanharem assim o magnífico animal, mínimas e solícitas. Os lobos se deitam na neve e põem as cabeças entre as patas, reverentes. As meninas maltrapilhas se ajoelham na mesma neve e rezam, compondo um quadro que comoveria uma pedra de granito, quanto mais o cético Homem e todos os seus amigos.

– Nanuk! Nanurluk!! Nanook!!!
– Nanuk! Nanurluk!! Nanook!!!
– Nanuk! Nanurluk!! Nanook!!!

Bernardo repete três vezes as três palavras, cada vez mais alto e com voz cada vez mais grossa e vibrante.

Ramon já conhecia o sentido da primeira e da última palavra. Deduz o sentido da segunda expressão sem precisar consultar os dicionários.

– O urso-polar.
– O urso-polar gigante.

– Deus!

O doutor Homem Siqueira, abraçado a Jesus, achava que já tinha visto tudo, ao ser cercado por ursos-polares nas ruas de Ouro Preto.

Mas ele ainda não tinha visto tudo.

Porque agora ele vê Nanook.

Porque agora ele vê Deus.

Quando Homem baixa os olhos, estarrecido, vê que as meninas maltrapilhas estão de repente ricamente agasalhadas. Vestidos longos, capas coloridas e capuzes felpudos as cobrem, transformando-as em lindas princesas de contos de fada. Entre os braços de cada uma delas, Bernardos Brancos: reluzentes ursos-polares de pelúcia, com olhos de vidro negro.

Homem e Jesus desabam de joelhos na neve.

Eles choram como meninos.

Ramon pensa: Nanook realiza a maior de todas as utopias que o ser humano já concebeu – mas não como esperávamos. Ele nos deixa vê-lo, mas não é o que queríamos ver. Ainda assim: é magnífico!, se regozija.

Nanook desce a ladeira, pisando com força na neve. Ele destrói alguns carros e algumas fachadas, meio que sem querer, apenas porque é muito grande. Das casas atingidas, correm algumas pessoas, assustadas.

As ursas e os filhotes seguem Nanook, descendo com ele a ladeira.

Os outros ursos sobem para a praça e a partir dela se espalham pela cidade.

A coruja da neve abre novamente as asas brancas para cortar o céu e procurar uma das torres das muitas igrejas que nos cercam.

As raposas correm rápido, deixando marcados pequenos passos na neve.

Antes de seguirem as raposas, os lobos brancos se aproximam para lamberem o rosto de cada uma das meninas.

Elas riem, felizes.

Bernardo, porém, não segue Nanook.

Bernardo finalmente sente frio.

Ele treme muito.

Úrsula aparece nesta hora, correndo com dificuldade sobre a neve, no meio das raposas brancas que ainda estão por aqui. Ela traz dois pesados cobertores de lã.

Com eles, Úrsula envolve o corpo do jovem e o abraça com um carinho tão imenso, mas tão imenso, que nos ilumina a todos.

ᓇᑯᓪᓚᐅᒃ

Nanook é o terceiro romance da Trilogia da Utopia, formada ainda por *O Mágico de Verdade* e *Monte Verità*.

Impresso na JPA, Rio de Janeiro, RJ